Le 1er cahier est retiré 9-16, 7-8

PARNASSE

ORIENTAL.

Imprimé en vertu de l'autorisation de M. le Ministre de la Guerre
en date du 20 mai 1840.

PARNASSE
ORIENTAL

OU

DICTIONNAIRE HISTORIQUE ET CRITIQUE DES MEILLEURS POÈTES
ANCIENS ET MODERNES DE L'ORIENT,

CONTENANT OUTRE LES PRINCIPAUX TRAITS DE LEUR VIE,

UN EXAMEN IMPARTIAL,

ET DES EXTRAITS DE LEURS PRODUCTIONS LES PLUS ESTIMÉES,

Par le Bᵒⁿ A. Rousseau.

ALGER.

BRACHET ET BASTIDE, LIBRAIRES-ÉDITEURS.

AOUT 1841.

UN MOT SUR CET OUVRAGE.

Ce sont les traits de l'imagination féconde des meilleurs poètes de l'Orient que nous avons essayé de faire passer dans notre langue, sans trop de déperdition d'effet, avec toute la souplesse de formes que nous permettait la sincérité, premier devoir du traducteur.

Étranger à tout ce qui procède de l'inspiration, étranger à la poésie, quoique l'inspiration ne fasse pas seule le poète, notre tâche était difficile; il s'agissait de s'approprier, en quelque sorte, la pensée de l'auteur avant de la soumettre à la traduction; il convenait d'envisager froidement d'ardentes pensées qui sont, pour la plupart, nées d'une émotion instinctive ou d'une exaltation produite elle même par la puissance de la réflexion. Plus d'une fois aussi, nous l'avouons sans détour, nous nous sommes arrêté confondu par le sentiment de notre impuissance, et notre indécision serait restée tout entière si nous n'avions entrevu dans le génie des hommes dont nous reproduisions les pensées la force plus que nécessaire pour braver impunément la médiocrité de nos transformations : aussi pouvons-nous dire de cet ouvrage ce qu'une femme de beaucoup d'esprit répondit un jour à l'auteur de Child-Harold qui s'étonnait devant elle que l'on pût admirer encore ses œuvres à travers l'incohérence et la pâleur de leur traduction : « C'est que votre génie est bien assez puissant pour résister à toutes les épreuves. »

Voilà en peu de mots le secret de notre œuvre (a).

(a) Les documens qui entrent dans la composition de ce Parnasse sont en partie extraits des nombreux et importans manuscrits recueillis en Perse et en Turquie par mon père le baron Rousseau que les soins incessans de la diplomatie ne purent que rarement détourner de son extrême entraînement pour la littérature et dont les productions variées ont été justement appréciées par les plus illustres orientalistes et particulièrement par M. de Sacy.

NOTE SUR LA POÉSIE ORIENTALE.

La poésie orientale abonde en expressions énergiques, en métaphores élégantes et souvent hardies, en sentimens nobles et élevés, et en descriptions animées des plus brillantes couleurs.

La langue arabe est nerveuse, expressive et sonore, elle est faite pour célébrer les actions militaires et les hauts faits des héros; la persane plus tendre, plus douce et plus harmonieuse; joignant à la richesse de son propre fond plusieurs mots qu'elle a reçus de celle-là, semble être formée pour chanter l'amour et cultiver les arts et les sciences. En outre elle a encore une beauté qui lui est particulière et très essentielle à la poésie, c'est l'usage des mots composés dont la délicatesse et la variété ne permettent à aucun idiôme d'entrer en comparaison avec elle.

Les images riantes prises dans la nature sont un des principaux ornemens de la poésie orientale. L'émail nuancé des prairies, le doux murmure des ruisseaux qui serpentent, les accens tendres et mélodieux du rossignol, la suavité des fleurs naissantes, leur épanouissement enchanteur, le délicieux souffle du zéphyr, le silence des bois, etc. etc. tout cela fournit les métaphores les plus vives et les comparaisons les plus agréables. D'un autre côté les parfums, les beaumes et plusieurs arbres et animaux indigènes, comme le musc, le safran, l'ambre, le cyprès, l'antilope, etc. etc. offrent des objets de similitude et de descriptions qui ajoutent de nouveaux charmes aux élémens de **THALIE** dont les attraits subjuguent et maîtrisent les peuples de l'Orient peut-être plus que ceux de l'Europe.

Les Persans excellent dans les poésies amoureuses surtout dans les odes qu'ils nomment **GHA-ZELS**. Hhafezh, Jami et Saâdi seront toujours lus avec plaisir et admirés pour la délicatesse et les charmes de leur versification. Leurs recueils contiennent moins d'élégies que ceux des poètes arabes. Ceux-ci sont renommés pour l'excellente méthode qu'ils suivent dans leurs pièces morales où ils mêlent ingénieusement l'agréable à l'utile.

Les poètes orientaux en général aiment à douer de la parole les êtres inanimés. Ils s'adressent particulièrement aux objets insensibles, ils les appellent pour sympathiser à leurs peines, ils leur font partager leurs douleurs et les chargent de leurs messages pour ceux ou celles qu'ils aiment. Ils ont de plus, comme les autres nations, des panégyriques qui ne sont rien moins que de basses adulations ou souvent des éloges boursouflés et ridicules. Au reste il est d'usage parmi eux de commencer leurs ouvrages quel qu'en soit le sujet par des louanges à Dieu; ensuite à Mahomet, puis à leurs souverains ou protecteurs.

On trouve enfin chez eux des acrostiches, des charades, des logogriphes, des madrigaux, des épitaphes, des impromptu et en général toutes les autres pièces fugitives que nous avons et qui sont presque toutes, tant chez nous que chez eux, des éclairs instantanés et brillants de l'imagination, ou plutôt le fruit des délassemens et des récréations poétiques.

TABLEAU

des lettres adoptées pour représenter les caractères arabes qui n'ont point de correspondans en français.

ج *dj*

ح *hh* aspiration très forte.

خ *kh* jota espagnol ou *ch* allemand.

ش *sch* c'est le *ch* français.

ص *ss* s prononcée fortement et avec emphase.

ض *dh* d   *idem.*

ط *tt* t   *idem.*

ظ *zh* z   *idem.*

ع *â* articulation gutturale.

غ *gh* r fortement grasseyé.

ق *q* k guttural.

و *w* c'est notre *ou* français.

roue du firmament (*b*). Privé de son appui aucun empire n'aurait de la stabilité : il se livre au premier venu pour être initié à tous·les mystères. Conduit par une main amie il transmet à l'Orient les nouvelles de l'Occident : tantôt semblable à *Rustem* (5) il s'élance et fait mille évolutions dans l'arène ; tantôt comme *Bigen* (6) il demeure prisonnier au fond d'un puits. A la faiblesse de son tempérament, à la pâleur de son teint, on croirait qu'il est atteint d'infirmité (*c*). Les savans et les ministres de la religion ne sauraient se passer de lui. A l'exemple d'*Iskender* (7) il s'enfonce dans une région aussi ténébreuse que le *Zhoulémat* (8) ; non moins intelligent que *Suleiman* (*d*), il possède toutes les langues. C'est un perroquet qui quoique dépourvu de l'organe de la parole, ne laisse pas de se faire entendre ; oiseau admirable qui se nourrit de geai liquide (*e*) en se tenant debout sur une seule patte : « On voit ordinairement sortir de son bec des fourmis (*f*); » bien souvent ses entrailles renferment un serpent (*g*) ».

ABD-EL-ISOU.

Abd-el-Isoû surnommé *Bar-Brika*, né en Mésopotamie en 665, mourut en 733. Il a écrit des poésies religieuses en syriaque et un catalogue des ouvrages de près de trois cents écrivains syriens publié avec la traduction latine par Abraham Echellensis, Rome 1653, et depuis à Mayence 1655, in-4°.

(*b*) Le poète veut parler des calculs astronomiques et géomantiques.
(*c*) En effet le qâlem est un roseau très mince et d'un jaune pâle.
(*d*) Le roi Salomon si fameux par sa sagesse et ses grandes connaissances.
(*e*) C'est-à-dire l'encre.
(*f*) Allusion à l'écriture.
(*g*) Allusion au brin tors qui se trouve communément dans l'intérieur du qâlem.

ABDI.

Abdi né à *Tébes* dans le *Khoracan*. Il s'est acquis quelque réputation en suivant quoique de loin dans les routes du parnasse persan, les traces de l'illustre *Nezhami* à l'exemple duquel il a composé un *Makhzen-el-Asrar* (a). Comme il était peu scrupuleux sur l'article de la religion, la première fois que de pieux amis le forcèrent d'observer le jeûne du *Ramadan*, il fit un quatrain dont voici le sens :

« Le jeûne sacré a commencé, et me voilà sans clairet! la faim a fait perdre à mon visage ses couleurs : puisqu'il n'y a plus dans ma maison de quoi manger et boire, hâte-toi ô triste Ramadan d'en déguerpir, car je pourrai t'avaler toi-même! »

ABOU-ALI.

Abou-Ali (Sadrendji). Ses vers sont restés ense-

(a) C'est-à-dire magasin de mystères, titre de divers poèmes sacrés parmi lesquels celui de *Nezhami* tient le premier rang.

velis avec sa mémoire dans *Samarkand*, sa patrie. Le seul quatrain que Hadj-Lotfali-Beg cite de lui, ne nous a pas paru mériter une place dans cette galerie poétique.

ABOU-L'-MODHAFER.

Abou-l'-Modhafer, Muhammed (Abiurdi) célèbre poète arabe né à *Abiurd* (Khoraçan), mort à *Isphahan* en l'an 507 de l'hégire. On a de lui un *Diwan* (9) où il chante en poésie les louanges de Mahomet et de plusieurs khalifs et autres personnages pieux. *Ebn-Khalkan* rapporte qu'il composa divers ouvrages, entr'autres une histoire de la ville d'Abiurd sa patrie.

ABOU-L'-FADHEL.

Abou-l'-Fadhel, Joussef ben Muhammed, né en Afrique dans la ville de *Touzar*. Les Arabes esti-

ment beaucoup un poème qu'il fit et qui traite de
la vertu du nom de Dieu, commenté par plusieurs
écrivains.

ABOU-TEMMAM.

Abou-Temmam (Hhabib-ibn-el-Aous) surnommé
Il-Ttaï parce qu'il appartenait à la tribu de *Ttaï*
(10); un des plus célèbres poètes arabes, naquit en
190 de l'hégire (11) à Djacem, bourg du territoire
de Damas, fit ses premières études en Égypte et
mourut à Moussol (Mésopotamie), la 231e année
de la même ère. Sa vie comme on le voit ne fut pas
longue; aussi raconte-t-on qu'un habile astrologue
lui avait prédit que la vivacité de son esprit ne tarde-
rait pas à consumer son corps de même que la
lame d'une épée use bien vite par la finesse de sa
trempe le fourreau qui la renferme. Il est auteur de
plusieurs *Qassidés* (12) à la louange des princes et
autres grands personnages qui l'honoraient de leur
amitié, et desquels on a dit avec raison : « Ceux-
là ne sont pas morts dont les vertus et les actions
ont été célébrées par Abou-Temmam-el-Ttaï ».

Mais l'ouvrage le plus important que l'on a de
lui est le *Diwan-il-Hhamaca*, recueil qui contient
tout ce qu'il avait trouvé de plus exquis dans différens genres de poésie cultivés chez les anciens
Arabes. Cette compilation agréable et précieuse a
fait, suivant l'opinion générale, beaucoup plus
d'honneur à l'auteur que ses propres productions,
toutes frappées d'ailleurs au coin d'une éloquence
sublime et sentimentale. Nous n'avons pu nous
procurer qu'une seule de ses élégies d'où nous
tirons le morceau suivant qui doit perdre infini-
ment de sa grâce en passant dans notre langue.

« O mes paupières vous qui avez perdu l'habitude de vous fermer,
depuis qu'une beauté cruelle a chassé loin de vous le sommeil! Que sont
devenues les perles liquides que vous répandiez autrefois en si grande
abondance, ces larmes délicieuses dans les quelles je trouvais au moins
quelque soulagement à mes maux ? Ah! la source en est tarie! mon
corps se consume par l'excès du chagrin qui le ronge; mais l'amour ce
feu inextinguible que je sens circuler en moi, n'a rien perdu de sa
première force; grand Dieu! est-ce donc pour rendre les hommes
malheureux que tu as accordé aux *Houris* (13) terrestres un empire absolu sur leurs cœurs! »

ABOUYEZID.

Abouyezid, prince de la dynastie des *Modhafé-riens* et frère de *Schah-Schudjâ* qui en fut le quatrième. Une cabale politique l'ayant exclu du trône, il chercha dans la culture des lettres le consolant moyen de charmer ses loisirs, s'entoura de tous les beaux exprits de Schiraz alors capitale de l'empire Persan, et fut lui-même un des meilleurs poètes de son siècle : Hadj-Lotfali-Beg ne rapporte dans son *Atesch-Kédé* que le quatrain suivant :

« Il faut (dit-il à sa belle) que je te parle en deux mots de mon amour; il me suivra jusque dans la nuit du tombeau, et au jour où les hommes devront comparaître devant le juge éternel, il réssuscitera avec moi ».

ABOU-L'-ABBAS.

Abou-l'-Abbas (scheikh) (14) né à *Bokhara*. On ne connaît de lui qu'une seule ôde qu'il fit à l'occasion de la mort de *Nasser-ibn-Ahhm*, qui eut pour successeur le sultan *Nouhh* dans l'empire des *Samaindes*. Nous nous contenterons de mettre sous les yeux du lecteur le début de cette pièce qui dans l'original présente des traits assez heureux pour donner une idée avantageuse du talent de l'auteur.

« Un prince magnanime est descendu au tombeau : un autre non moins illustre a hérité de sa couronne et de ses vertus. Le premier en quittant ce monde a plongé son peuple dans l'amertume et le deuil, le second par son élévation l'a comblé de consolation et de joie : quel passage rapide de la plus profonde douleur à l'allégresse la plus vive !.... »

AÇAD.

Açad (qadhi), né dans un village du territoire de *Sawa*, prit de bonne heure l'habit des *Derwisches* (15) et fit ses études sous *Scheikh-Mouemen* un des plus vénérables docteurs de la secte des Illuminés de la Perse. Il mourut à Kaschan où il avait longtems enseigné les sciences sacrées et où sa mémoire est restée en vénération : on a de lui quelques quatrains mystiques qu'il improvisait dit-on dans ses momens d'extase : celui-ci est de leur nombre :

« Tu ès le dépositaire des secrètes pensées de l'homme : ta bonté le couvre de confusion alors qu'il t'invoque dans ses besoins. Puisque nos ennemis comme nos amis sont les images de ton essence, nous devons à cause de toi supporter les caprices de tout le monde ».

AFTABI.

Aftabi né à *Sawa* dans l'*Iraq-Adjami*, ne nous est connu que par ce seul distique où il parle de sa maîtresse :

« La maladie dont j'étais atteint l'ayant engagée à demander de mes nouvelles, je dois regretter vivement de me trouver mieux aujourd'hui ! »

Il a composé dit-on quelques *Molameât* (16) très estimés.

AGUÉHI.

Aguéhi né à *Yezd*, mort dans la même ville, après avoir parcouru plusieurs contrées de l'*In-*

PARNASSE

ORIENTAL.

———

AASCHA-MAIMOUN.

âscha-Maimoun, surnommé *Abou-Nassr* fils de *Qais,* naquit à *Manfouha* bourgade du *Yémana* et fut un des plus grands poètes de l'Arabie payenne. Il vivait sous le règne d'*Anows-chirwan* (1), et chanta dans un très beau poème les vertus apostoliques et les prétendus miracles de *Mahomet* (2) qui lui avait proposé d'embrasser ses dogmes. La tribu de *Qoraische* (3) qui ne s'était pas encore déclarée pour ce législateur, offrit cent chameaux à Aâscha, afin de le dissuader de la résolution qu'il avait prise d'aller le trouver; et quand on lui eut appris que le nouveau prophète avait proscrit le vin, il répondit : « Il ne m'en reste » plus que quelques cruches de ma provision de » cette année, que j'irai vider avant de me ranger » sous les bannières de la sainte croyance ». Sa conversion n'eut pas lieu cependant; il mourut d'une chûte de chameau.

Aâscha avait mérité l'estime et l'admiration des Persans. Anowschirwan l'attira à sa cour et le combla de faveurs. Ce monarque s'étant fait un jour expliquer un de ses distiques ainsi conçu : *Je ne puis fermer la paupière ; hélas ! pourquoi cette insomnie puisque je ne suis ni malade ni amoureux?* s'écria en éclatant de rire : « Cet homme-là est » donc un voleur qui médite quelque mauvais » dessein ». Le poème qu'on va lire se trouve ordinairement à la fin des *Moâlleqat* (4).

« Dis adieu à l'aimable Horéiré, car la troupe des voyageurs se dispose à partir; mais pourrais-tu résister au tourment d'une si cruelle séparation? Que Horéiré est éblouissante ! Ses joues brillent des plus vives couleurs; une superbe chevelure flotte négligemment sur sa gorge d'albâtre; elle a la démarche d'une jeune convalescente qui s'avance d'un pas timide et mal assuré dans des sentiers glissans et difficiles. Quand elle sort de chez elle pour visiter ses voisines, on la voit se balancer avec grâce comme un léger nuage qui plane

dans les airs. Certes, elle n'est pas de ces femmes curieuses et in-
discrètes, qui inspirent le dégoût ou la méfiance à ceux qu'elle
fréquente. Sa bouche n'a jamais dévoilé le secret d'autrui..... La
nonchalance de son maintien lui occasionnerait en marchant des
chûtes funestes, si elle ne savait user de certaines précautions qui
la rendent encore plus grâcieuse. Au milieu des jeux folâtres qui
l'amusent, on aime à la voir s'agiter; sa taille svelte s'impatiente
du poids de la rose la plus légère......... Quels délicieux momens
que ceux d'une aurore embrumée passés auprès d'une compagne
aussi fraîche et voluptueuse que Horéiré! Quoi de plus beau que
ses bras, de plus doux que son caractère? L'on dirait que son
pied est chaussé d'une vapeur subtile. Est-elle en mouvement, on
respire les odeurs suaves qui s'exhalent de ses manches pendantes. Il
n'est point de prairie verdoyante exposée aux bienfaits d'une pluie
généreuse et dont les fleurs aussi brillantes que les planètes, sou-
rient à l'aspect du soleil et semblent lui disputer son éclat, non
il n'est point de semblable prairie que l'on puisse comparer pour sa
fraîcheur et ses parfums, aux attraits de la belle Horéiré, lorsqu'elle
se montre sur le déclin du jour pour nous ravir par son agréable
présence !..... J'ai été subitement épris de ses charmes; mais elle a
aimé un autre que moi, qui brûle lui-même pour une étrangère. La
cruelle s'est engouée d'un homme indigne de sa tendresse, et a rejeté
avec dédain l'hommage d'un cousin qui l'adore! Dans ces entrefaites,
une troisième beauté qui ne pouvait me toucher par ses charmes a
conçu pour moi la plus vive passion, de manière que nous voilà tous
livrés aux mêmes transports, également remplis des objets qui nous
ont séduits, déçus, malheureux et gémissans dans les piéges de
l'amour. Horéiré me fuit! elle refuse de m'entendre! est-ce insensibilité ou orgueil affecté de sa part? Mais peut-elle rencontrer un
amant aussi tendre, aussi fidèle que l'éperdu Aâscha devenu le jouet
de l'aveugle et implacable destin?..... Lorsque j'ai abordé Horéiré,
elle s'est écriée ah! que je suis à plaindre! et combien plus ne
l'es-tu pas toi-même ?..... Si je me présente sans souliers, est-ce
qu'elle ignore que je suis habitué à tous les genres de vie, et qu'il
m'est indifférent d'aller pieds nuds, comme d'être chaussé? Certes
j'ai assez d'industrie et d'adresse pour tromper la jalouse vigilance du
maître de la maison, il se méfie de moi; mais il est toujours

attrapé !..... Docile à ma voix, la troupe des amours se précipite sur mes pas, au jour où je l'appelle. Les hommes bien faits et avides d'aventures galantes, recherchent ma société et se félicitent de m'avoir pour ami..... Je me suis transporté ce matin à la taverne ; j'y ai trouvé une agréable réunion de jeunes gens tous à la taille svelte et élégante comme les lances indiennes, et qui ont senti d'abord combien il leur était malaisé de se débarrasser d'un homme aussi rusé que moi. Je les ai salués en leur présentant des bouquets odoriférans et me suis assis dans leurs rangs, pour les divertir par des propos enjoués, et sabler avec eux un vin délicieux dont les coupes ne désemplissaient pas. Les vapeurs de l'ivresse leur étaient déjà montées à la tête, et ils ne sortaient de leur douce léthargie que pour demander de nouvelles rasades. Un aimable échanson, couvert d'un manteau retroussé par des agrafes de perles versait d'une main généreuse la délectable liqueur, aux sons touchans d'une guitare harmonieuse, accompagnée de la voix d'une chanteuse négligemment vêtue...... Nous nous livrions aux douces sensations de cette voluptueuse coterie, pendant que de jeunes esclaves à demi voilées, et traînant après elles les longs replis de leurs robes flottantes, paraissaient de tems en tems sur la scène, les épaules chargées de vases et de corbeilles. De toutes les rencontres heureuses de ma vie, telle a été celle où je me suis le plus diverti, et c'est dans le plaisir même que l'homme apprend à jouir..... — Une ville déserte aussi nue que le dos d'un bouclier, s'est tout-à-coup présentée à mes regards mélancoliques. Je n'y ai trouvé aucune trace de population : mon oreille n'a entendu que les cris effrayans des génies qui habitent ses profondes solitudes. Les hommes vigilans et habitués à se tenir sur leur garde peuvent seuls y pénétrer sans danger. Je suis moi-même entré dans ces murs, monté sur un dromadaire estimé pour sa race, mais exténué de fatigue et s'abattant presque à chaque pas sous moi..... — Avez vous remarqué ce nuage rayonnant du feu des éclairs qui a passé sur ma tête ? suivi de plusieurs autres masses mouvantes et enflammées comme lui, il portait dans ses larges flancs la foudre et les torrens du ciel. Ni mes inquiétudes amoureuses, ni les plaisirs du vin qui m'attendaient n'ont pu me distraire de la vue de ce terrible météore».

«Jusques à quand ennemi implacable te permettras-tu de dénigrer par des propos outrageans notre illustre origine ? Tant que l'on verra nos

chameaux paître et mugir dans les campagnes, tu ne pourras jamais
troubler le cours de nos prospérités. En cherchant à nous nuire, tu
périras toi-même victime de ton aveugle ressentiment, tel que le
téméraire Onâgre qui court à sa perte en heurtant de son front audacieux, un rocher dur et inébranlable. En provoquant les combats tu
soulèves contre nous les tribus alliées ; tu provoques l'effusion du
sang humain ; puis, tu te tiens à l'écart, pour jouir paisiblement du
fruit de tes iniquités ; mais si la guerre continue à diviser les deux
partis, certes je n'aurais plus de ménagemens à garder envers nos
ennemis ; plus ils nous menaceront de leur haine, et plus je serai
ardent à leur disputer la victoire. Nos lances formidables les attein-
dront et les renverseront de leur choc meurtrier. Après avoir allumé
le feu de la discorde pourquoi chercher ton salut dans une honteuse
inaction ; pourquoi t'abaisser à des propositions humiliantes ? Fais
parler de nous les *Beni-Assad* : ils te diront que nos intrépides
guerriers te préparent d'affreux revers ; interroges les *Kuscher*, les
Abdullah, les *Rabiâ*, tous t'instruiront de notre manière de combattre,
tous t'apprendront que nous les avons toujours vaincus dans nos
démêlés sanglans avec eux ? Parmi les enfans de ces tribus formidables, l'on comptait des champions valeureux et habiles à lancer
le javelot ; mais ils n'ont pu résister à notre impétuosité ? J'en jure
par l'animal belliqueux qui foule d'un pied d'aigle, les sables mouvans
du désert, et sur les traces duquel s'élancent de nombreux bestiaux,
animés à la voix du berger ! Si vous tuez un de nos chefs de milice,
nous nous vengerons par celle d'un des vôtres ; et si après la bataille
tu oses te flatter de nous attendrir sur le sort de la tribu, cet espoir
chimérique ne tardera pas à s'évanouir, car nous ne saurions trop
persister à vouloir exterminer nos ennemis. L'homme perfide et enclin
au mal ne mérite point de grâce, son cœur fermé à la reconnaissance
est comme une blessure de lance dans laquelle meurent et dispa-
raissent la charpie et le baume salutaire qu'on y a introduits !.....
Nous ne vous donnerons point de relâche ; nos soldats vous écra-
seront partout, et on verra au milieu du carnage vos arrogans
capitaines étendus sur le champ de bataille et entourés d'une multitude de femmes en pleurs, accourues à leur secours pour les
défendre de leurs faibles mains et les soustraire aux derniers coups
de la mort. Alors l'on entendra demander de toutes parts : est-ce

le tranchant acéré des lames indiennes, ou la pointe homicide des lances formidables qui leur a fait mordre la poussière ?..... Quoi! vous vous figurez que le choc des armes puisse nous épouvanter ? Ah! trop crédule tribu! la nôtre ne te ressemble pas ; elle ne respire que guerre et vengeance !.... Courageux et redoutables champions, on nous voit combattre sous de nobles étendarts sans chanceler sur nos arçons, ni nous ménager les moyens honteux d'une retraite. Quand on nous parle de cavaliers et d'escrime, nous répondons, c'est notre métier. Voulez-vous entrer dans l'arène? Nous voici prêts à vous disputer le pas. Déjà nos belliqueux chameaux dégouttent du sang qui jaillit de leurs veines ; et les dépouilles de vos héros vont orner le fer de nos lances victorieuses ».

ABD-ALI.

Abd-Ali, poète persan qui tient un rang distingué parmi les écrivains illustres qu'a produits *Ttous*, sa patrie. Il excellait surtout dans le genre épigrammatique : on cite de lui ce quatrain qu'il fit contre un avare qui n'invitait jamais personne à manger à sa table.

« Ta coupe est toujours sale et ta casserole propre : toutes deux demeurent frustrées des bienfaits de l'eau et du feu : la première attend la pluie pour être rincée, la seconde ne se réchauffe qu'aux rayons du soleil ».

ABD-EL-AZIZ-KHAN.

Abd-el-Aziz-Khan, prince *Uzbeg* de la cour de *Schah-Suleiman-Ssifewi;* on connaît de lui une ode dans laquelle il dit à sa maîtresse :

« Loin de toi livré au plus affreux désespoir, je verse tant de larmes que les rochers mêmes en paraissent attendris! Ah! il faut que je sois d'une conformation plus forte, plus durable que la leur, puis que je n'ai pas encore succombé aux maux de ton absence ».

ABD-EL-AZIZ-EL-FECHTALI.

Abd-el-Aziz-el-Fechtali, poète arabe, né en Afrique, florissait en 1050 de l'hégire. L'auteur du *Rihanet-el-Adab* (Ebn-Khafadj) le dépeint comme un génie plein de feu et d'élégance.

ABD-EL-AZIZ-EL-TSEALEBI.

Abd-el-Aziz el-Tseâlebi, né à *Tsâlaba* (Afrique), au milieu du onzième siècle. *Ebn-Khafadj* lui prodigue de grands éloges et rapporte tous ceux qu'on a faits de ses éminentes qualités.

ABD-EL-AZIZ.

Abd-el-Aziz surnommé Kaschi, c'est-à-dire natif de la ville de *Kaschan*. Nous ignorons en quel tems il vivait : en feuilletant le recueil de ses poésies, nous y avons remarqué l'énigme suivante sur le *qalem* (*a*). Elle plaira peut-être aux lecteurs par sa tournure originale.

« Quelle forme élégante que la sienne! Il calcule les chances du hazard et dévoile aux hommes les secrètes influence de la grande

---

(*a*) C'est le roseau avec lequel les Orientaux ont coutume d'écrire. (V. aux notes art, *khath* des explications sur l'origine de l'écriture arabe.)

doustan. Il vivait vers le milieu du 10ᵉ siècle de l'hégire.

« Dix choses dans ce monde, dit-il, en parlant des bizarreries et des dégoûts de la vie humaine sont condamnables aux yeux du sage : les velléités de l'amoureux, la piété du malfaiteur, les dons de l'avare, l'enjouement du vieillard, les simagrées de la femme laide, les gentillesses de l'aveugle, la voix discordante du chantre vulgaire, les raisonnemens du sot, l'ostentation du riche et l'insolence du pauvre ».

Aguéhi avait éprouvé l'ingratitude des hommes, c'est ce qu'il explique dans ce distique :

« J'ai parcouru l'aire immense du monde, j'y ai cherché un grain d'amitié sincère, et je ne l'ai point trouvé! »

AHI.

Ahi, chef de milice dans une des tribus les plus considérables du *Djakhataï*, renonça de bonne heure au tumulte des camps pour venir goûter à *Hérat* capitale du *Khoracan* les plaisirs tranquilles d'une cour policée et brillante celle du *Sultan-Hussein-Baighara* de la race de *Teymur-Leng* qui l'honorait de son estime, il se consacra tout entier aux muses persanes, et se distingua dans la carrière des lettres après s'être fait un nom dans celle des armes : les extraits suivants donnent une idée de son génie poétique :

« Je souffrais ! tu t'es intéressée à moi, et par un excès de bonté tu as demandé de mes nouvelles, sans cette attention tu ne m'aurais jamais revu !......Mais comment peux-tu juger de mon mal, puisqu'à peine t'en dis-je un mot que le sommeil s'empare de tes sens ? Je verse des torrens de larmes ! puissent-ils au moins intercepter à mon rival les avenues de ta demeure !...... Pourquoi m'en vouloir, cruelle, si le trait de ton regard ne m'as pas tué ? Est-ce un crime à moi d'avoir survécu jusqu'à-présent à la blessure qu'il ma faite ?....—Jeunes amans accoutumez-vous à souffrir, prenez patience, et vous atteindrez votre but en domptant le coursier du contentement..... — Sans le cœur, l'amour n'eut pas eu de trône ; sans l'amour à quoi servirait le cœur ?..... Ne soyez pas surpris de voir la personne que j'ai louée dans mes vers, lancer contre moi une satire virulente ! C'est qu'elle a reconnu que tout ce que j'ai dit d'elle n'est que mensonge, et pour me payer de retour elle s'avise aujourd'hui de débiter sur mon compte des choses qui ne sont pas vraies (a).

AHI.

Ahi (Hassan). Ce poète justement célèbre était

(a) Cette dernière pensée n'est pas du nombre de celles que Hadj-Lotfali-Beg cite de l'auteur, nous l'avons tirée d'un autre recueil, non-moins intéressant et ce qui nous a paru singulier, c'est qu'elle s'y trouve reproduite dans un beau quatrain arabe attribué à Aâla-Eddin-ibn-Mélik poète distingué de la cour des sultans *Hamadaniens* de Syrie.

né à *Nikepoli* en Romélie. Il florissait vers le milieu du neuvième siècle de l'hégire. Il est l'auteur
de *Khosrew* et *Chirin* poème, charmant qui n'aurait
point été désavoué par les premiers poètes orientaux.

Le sultan *Sélim* fils du sultan *Bayazed*, en ayant
lu quelques passages, voulut témoigner son estime
à l'auteur en lui donnant une place de professeur
à *Brousse* dans l'école de *Bayazed-Pacha*. Ahi eut
la maladresse de refuser cette place dans l'espoir
d'en obtenir une plus distinguée; mais ce refus
lui attira la disgrâce du Sultan, et fut cause qu'il
eut ensuite l'humiliation de solliciter longtems
sans rien obtenir.

Il a composé encore un ouvrage intitulé *Husn-
ou-Dil* (beauté et cœur); mais il est mort avant de
l'avoir entièrement achevé, et le style qui n'a pas
été poli offre beaucoup de défectuosités : voici un
passage tiré de ce dernier poème :

« L'ignorant met sa gloire à acquérir des richesses; le savant place
la sienne dans ses connaissances; les amans font consister leur bonheur
dans la jouissance de l'objet aimé. Pour moi, hélas! je ne possède
ni connaissances, ni richesses, et je ne jouis point de l'objet que
j'adore! »

AHDI.

Ahdi cultivait la poésie comme son frère *Maq-sadi*, mais moins fécond que lui il s'appropriait sans façon les pensées des autres en les fondant dans les siennes que l'on reconnait néanmoins malgré cet alliage à leur tournure triviale ; témoins celles-ci que nous avons démêlées facilement dans les morceaux que l'*Ateschkédé* contient de lui :

« C'est ma dernière heure! assieds-toi un instant que je puisse contempler tes joues : un seul regard m'y fera découvrir cent perfections!.... Il faut que cette beauté brusque et dédaigneuse ait témoigné quelque mécontentement contre moi, puisque mes proches s'empressent de me quitter aujourd'hui..... Si tu me considères comme ennemi, tire ton épée et donne-moi la mort; mais si je suis ton ami, tu dois adoucir les maux de mon cœur!.... Heureux l'instant où mes compagnons en enlevant des lieux qu'elle habite ma dépouille mortelle, s'écrieront les yeux baignés de larmes : Le pouvoir appartient à Dieu seul ! Il dispose à son gré des créatures !.... »

AHMED-BABA.

Ahmed-Baba (sidi) natif d'*Arawan* (Afrique) au
N. O. de *Tombouctou*. Il florissait au dixième siècle
de l'hégire. Outre son histoire de Tombouctou on
a de lui plusieurs ouvrages entr'autres un sur la
jurisprudence intitulé *Mokhtassar-Khalil* (c'est le
commentaire sur l'ouvrage de Khalil); un autre
en vers, sur l'astronomie, qui est très estimé; un
autre sur les différentes castes de nègres du Soudan,
payennes et musulmanes; et enfin un autre qui est le
supplément à la biographie des grands hommes de
la secte *Maleki* par *Ebn-Farhoun* intitulé *El-
Dibadj-el-Mezahab-fi-Taârif-Redjal-el-Mazhab;* dans
ce supplément se trouve la vie de Ebn-Khaldoun
fameux historien du peuple arabe et qui passa
une grande partie de ses jours en Barbarie.

AHMED.

Ahmed (Mirza) poète ingénieux et agréable qui, comme Chapelle et Bachaumont passa sa vie entière au sein des plaisirs, en compagnie des belles et des gens à talent. Nous regrettons de ne pouvoir citer de lui que ce seul distique recueilli par l'auteur de l'*Ateschkédé*.

« O trop séduisante beauté! comment puis-je compter sur le plaisir de te posséder puisque tu crains les sévères remontrances de tes parens; et puisque je redoute moi même les sourdes et envieuses pratiques de mes rivaux? »

AIAZ.

Aiaz surnommé *Munedjim*, c'est-à-dire astrologue parce qu'il était versé dans la science des horoscopes. Néanmoins tout en s'appliquant à lire dans les astres, il ne laissait pas que de s'occuper des choses les plus agréables de la terre ; l'amour et le vin lui inspirèrent souvent des *Rebaiyât* (18) que Katebi et Kheyam n'eussent pas désavoués. En voici un que nous fournit le recueil de *Ghefouri*.

« O toi qui as ravi mon cœur par tes yeux enchanteurs, qui as blessé mortellement mon âme avec le dard de tes longues paupières, demandes donc qu'elle est cette victime de l'amour, afin que rendue à la vie elle te réponde elle même : C'est Aiaz ? »

ALEMI.

Alemi, né à *Darabdjerd* dans le *Farsistan*, mort à *Schiraz* en 975. Ses pensées sont fines et exprimées avec grâce, témoin celle-ci :

« Si je tais plus longtemps l'amour dont tu m'as embrâsé, il consumera mon cœur; si je l'exhale en plaintes douloureuses, il brûlera ma langue.... Ton regard en blessant un autre va me donner la mort à moi-même accablé comme je le suis de l'idée qu'il pourrait te rendre sensible. Ah! cruelle d'un seul coup de poignard tu sacrifies deux victimes! »

ALI.

Ali (Scharaf-Eddin-el-Yerdi), poète et historien,
auteur de *Zhafar-Naméh* (livre de la victoire) contenant l'histoire de *Teymur-Leng* (Tamerlan) dont
Petit de la Croix a donné une traduction en forme
d'extrait; il était natif de Yezd ville de l'Iraq-Adje-
mi comme son surnom l'indique et florissait à la
cour d'Ibrahim Schah un des petits-fils du conquérant tartare par ordre duquel il écrivit cette histoire, que l'on place au rang des livres qui honoraient le plus la littérature persane. Pour donner une
idée de son style élégant pur et fleuri nous allons
tirer de l'ouvrage même dont il s'agit une pièce de
vers (a) qui peut être considérée comme un poème
isolé à la louange du héros dont il a écrit la vie.

« Nuit fortunée aussi noire que la prunelle de l'œil, mais éclairée du
feu de mille astres tous d'un heureux augure, tous d'une influence amie!
Son croissant jetait l'éclat d'une pleine lune enveloppée de ses voiles
mystérieux ; mes vœux s'accomplissaient, le destin m'était devenu
propice et je me livrais aux doux plaisirs d'une fête silencieuse où
brillaient les flambeaux de mon imagination ; mon esprit y faisait

(a) Nous sommes obligés de l'abréger à cause de son extrême longueur.

l'office d'échanson et je m'enivrais du nectar de mes pensées virginales :
je goûtais les délices d'un concert harmonieux..... Telle était la situation où je me trouvais dans cette belle nuit ! Lorsque les premiers
rayons du jour de la félicité commencèrent à luire, et dès que le
Zéphyre de la grâce eut embaumé les airs de son haleine parfu-
mée, l'oiseau de la Renommée couronné du bandeau de la Victoire
s'offrit tout-à-coup à ma vue, et déployant ses ailes, il me ra-
conta en ces termes les hauts faits de l'arbitre des destinées du
monde : ce prince conquérant, ami de la religion et des lois s'é-
tant entouré les reins de la ceinture du courage et de la bravoure
s'élança sur le coursier du bonheur, et parvint en peu de tems
à soumettre tous les peuples de la terre, depuis les confins de la
Chine jusqu'au fond de la Turquie, de l'Égypte, de l'Inde, de
l'Iran et du Touran. Sur terre comme sur mer, partout où il exis-
tait des traces d'habitations, on le vit se trouver partout en personne et fouler le premier les lieux qu'il avait résolu d'envahir.
Il parcourut une grande partie du globe guidé par la victoire et
suivi de ses innombrables légions. En quelque pays qu'il abordât,
de quelque côté qu'il se dirigeât avec l'assistance divine, il fut
toujours triomphant. Le Très-Haut le seconda dans ses entreprises,
et tous les souverains du monde devinrent ses vassaux ; la fortune lui obéissait, il n'obéissait lui, qu'à Dieu seul..... Le destin
le secondait ; le tems pliait à ses volontés, tout enfin sous la
voûte des cieux concourait à le satisfaire : il ne formait aucun désir
qui ne fut aussitôt accompli. Il avait une foi solide et des intentions
droites, n'attendant secours que du Ciel, ne mettant son espérance
qu'en Dieu ; par la supériorité de son génie et par sa rare valeur il
porta l'éclat de sa couronne jusqu'au haut du firmament.....Sa profonde
sagesse le dispensait de demander l'avis des autres sur ce qu'il devait
faire ; aussi toutes ses déterminations ne tendaient qu'au bien public.
Dans ses délibérations il ne consultait que l'intérêt de l'état. Là où
tombaient ses regards, la calamité en était exclue à jamais. Sa colère,
comme un feu dévorant incendiait soudain la contrée qui se l'attirait ;
malheur au téméraire qui s'avisait de le contrarier ! Son âme ne restait
pas longtems unie à son corps. Quiconque lui désobéissait perdait la
tête comme le *qalem* qui sent tomber la sienne sous un acier tranchant..... Quand la divine providence l'eut placé au rang suprême,

4

toutes les couronnes de la terre se réunirent sur sa tête, dès-lors il n'y eut plus de souverain qui ne fut ou enseveli dans la poussière, vaincu par son bras redoutable, ou esclave chargé de fers à la porte de son palais... Maître de tous les empires, il les inonda des flots de sa magnanimité ; il répandit ses immenses trésors à pleines mains. Il ferma la porte aux factions, enchaîna la tyrannie et expulsa pour toujours la misère du sein des familles indigentes... Sous son règne paternel, il ne resta plus sur la surface du globe la moindre marque de désolation, l'édifice du désordre et de l'iniquité fut renversé de fond en comble. Au milieu des villes comme dans les plaines et les montagnes, l'envie et la trahison ne troublèrent plus le repos des humains : alors la fortune des particuliers ne devenait plus la proie des brigands : vous eussiez pris ceux-ci pour des *aspics*, et les richesses pour des *émeraudes* (a). On jouissait d'une si grande sécurité que l'usage des serrures et des verroux devenus inutiles fut supprimé : alors la fausseté et le mensonge disparurent des rangs de la société, la vérité seule y résida dans tout son éclat..... Partout où tomba la pluie fertilisante de sa justice, on ne vit plus la terre hérissée des ronces de la calamité et du chagrin. Il dégagea le miroir du vrai culte de la rouille qui le couvrait, et extirpa du jardin de ses vastes états les épines de l'impiété. Sa piété était exemplaire ; aucune famille, pas même la sienne ne lui fut aussi chère que celle du prophète ; il avait une grande confiance dans les nobles rejetons de cette souche illustre, honorait les hommes adonnés aux pratiques de la dévotion, et se faisait un mérite d'admettre les gens à talens dans son intimité, et les comblait de distinctions et de largesses. Le clergé participait également à son estime. Le *mufti* surtout, ce chef de la loi, jouissait d'un crédit illimité auprès de lui. Jamais avant de mettre ses projets à exécution il ne manquait de se recommander aux prières des saints personnages et d'aller visiter solennellement les lieux sacrés. Enfin quand il avait à surmonter quelque grand obstacle, il se retirait dans un asile solitaire, et là après s'être profondément recueilli,

---

(a) Pour comprendre ceci il faut savoir que les Persans attribuent à l'émeraude la singulière vertu de faire perdre la vue à l'aspic qui la regarde..... C'est dans ce sens que *Hhafezh* a dit : « L'implacable censeur est un aspic dangereux qui cherche à m'in-» fecter de son poison mais je lui crèverai les yeux avec ma coupe d'émeraude. »

il adorait l'Etre suprême, et s'humiliant devant lui il implorait sa miséricorde avec un cœur tout enflammé et des yeux baignés de larmes, etc. etc.

ALI-EBN-EL-MUSCHERREF.

Ali-ebn-el-Muscherref; surnommé *Il-Mardinli,* parce qu'il était de la ville de Mardin en Méso-potamie; auteur du *Awat-el-Chaki-wé-Da'mâat-el-Baki* (l'amour gémissant et l'œil qui pleure) ou-vrage d'un médiocre intérêt qui contient des histo-riettes et des complaintes amoureuses; les biogra-phes arabes ne disent point dans quel siècle il vivait.

ANA.

Ana (ben), poète arabe, mort à Baghdad l'an 400 de l'hégire, avait beaucoup voyagé et a laissé un *Diwan* assez estimé.

ANWAR.

Anwar (Qaçem) issu d'une famille distinguée originaire de Tébriz, étudia les belles lettres et la philosophie à Erdebel sous Scheikh-Ssadr-Eddin docteur renommé de la secte des *Ssoufis* (19). Vers la fin de ses jours il alla s'établir à Hérat où régnait alors Scharokh-Mirza fils de Teymur, mais il ne séjourna pas longtems dans cette ville. Par suite des menaces du prince tartare qui n'approuvait pas la doctrine qu'il professait, il se réfugia à Djam (dans le Khoraçan) dont les habitans le reçurent avec de grandes démonstrations de joie mêlées du plus profond respect : il y mourut trois ou quatre ans après. On a de lui un poème intitulé *Enis-el-Ascheqin* (confident des amours). Hadj-Lotfali-Beg lui attribue ce beau quatrain :

« Le destin est une main composée de cinq doigts : lors qu'il veut assouvir son ressentiment sur quelqu'un, il lui en applique deux sur les yeux, deux autres sur les oreilles, et du dernier lui fermant la bouche, le condamne au silence! »

On cite de Anwar ces deux distiques qui offrent tant de vérité :

« Ne te laisse pas aller au chagrin, car l'Échanson de la toute puissance nous fait avaler de la coupe de la fortune tantôt la liqueur pure des faveurs, tantôt la lie de la vengeance »

« Dans le désespoir, il y a un grand motif d'espérance; la fin d'une nuit obscure, c'est la blancheur du crépuscule ».

Il y a deux autres poètes de ce nom, dont aucun extrait ne nous est tombé sous la main.

ANSSÉRI.

Ansséri (Abou-l'-Qacem) un des poètes les plus renommés de son siècle, fut le chantre pensionné de la famille royale des Sébuktekins. Sultan Mahmoud l'avait revêtu du titre de Mélik-el-Schoâra (prince des poètes) et sa maison était devenue le rendez-vous habituel de tous les beaux esprits de la cour de Ghazna. Le grand Ferdewsi, jeune et inconnu encore, lui dut l'avantage de siéger dans cette illustre réunion, et peut-être aussi les encouragemens dont il avait besoin pour entreprendre son immortel *Schahnamé.* Ansséri mourut en 441 ; on vante beaucoup son poème des amours de *Wameq-et-Ezra.* Outre cet ouvrage il en avait composé plusieurs autres dont l'*Ateschkédé* contient les fragmens suivans, dans lesquels, nous devons le dire, on reconnait moins la touche du poète ingénieux et fécond, que la facilité du versificateur correct et brillant qui sacrifie souvent la clarté du sens à l'harmonie du rhytme, en aimant un peu trop à jouer sur les mots.

« Si les boucles de celle que j'aime ne sont pas du musc, pourquoi ont-elles la couleur, le parfun, l'éclat et la légèreté de cette précieuse substance? Pourquoi quand j,ai subi leur joug se trouvent-elles chargées elles mêmes de chaines ? Pourquoi lorsqu'elles m'ont ravi le repos, les voit-on s'agiter sans-cesse?..... Si les sourcils de cette cruelle ne donnent pas la mort aux amans, pourquoi sont-ils courbés en poignard?...... Si ses yeux n'ont pas savouré le vin pourquoi sont-ils pleins d'ivresse?..... Nous nous applaudissons tous deux ma belle et moi, elle de ses charmes séducteurs, moi de l'avantage que j'ai de célébrer les louanges du Roi des Rois..... La fortune est à la droite de ce prince illustre maître de l'orient; son empire a pour fondemens la gloire et la prospérité : il prend où il accorde, il enchaîne où il délivre, (et puisse-t-il ne faire rien autre chose que cela tant que durera le monde!) Ce qu'il prend sont des provinces, ce qu'il accorde, des grâces, ce qu'il enchaîne, des rebelles, ce qu'il délivre des peuples opprimés...... — Il n'est point dans le ciel de constellation bénigne qui ne lui soit assujétie, ni sur la terre d'homme, qui n'obéisse à ses lois: On cite dans chacun des deux mondes une merveille particulière; ici bas c'est sa main royale, source de tous les bienfaits, là haut c'est le

Kewcer (20) qui roule les flots de l'immortalité; l'empire est fait pour lui, ce n'est pas lui qui est fait pour l'empire. Son front n'a pas besoin d'être ceint de la couronne qui lui doit son éclat....... La victoire préside à ses actions, les mœurs sont l'ornement de la monarchie : Son esprit est un lion de sagesse, ses paroles sont des rangées de perles précieuses, il prévient par son énergie les coups du hasard, son active surveillance, ses sollicitudes paternelles en doublant le charme de la vie la rendent plus chère aux humains. Sa colère devient funeste à ceux qui le provoquent aux combats: La magnificence et la libéralité éclatent dans ses banquets...... — Afin d'assurer la durée de son empire, le Très-Haut a expulsé du monde le mal et la destruction : Si l'on pouvoit réunir toutes les richesses qu'il a distribuées en dons, le vaste bassin de l'océan ne suffirait pas pour les contenir; l'imagination elle-même ne saurait les peser à sa balance : la sagesse d'*Aflathoun* (21) n'est qu'ignorance auprès de la sienne : Ses actes de justice ont fait oublier le règne du grand *Anowschirwan*.

ANWERI.

Anweri, surnommé le roi du Khoraçan, non pas qu'il fût prince, mais parce qu'il devint le premier poète de son pays, par les progrès qu'il fit faire à la poésie persane. Il mourut en 615 de l'hégire, à Balkh, loin du sultan Sandjar, son protecteur. Il était en même tems astrologue; mais ses prédictions qui ne s'accomplirent pas, causèrent sa disgrâce. On a imprimé de lui une élégie sur la captivité de Sandjar, Calcutta, 1785-1786, et un éloge en vers de *Mandoud-ben-Zengurg*, traduit en allemand. Anweri avait une imagination brillante, un amour-propre trop sensible, de la suffisance et de l'aigreur dans le caractère. Né avec un penchant naturel pour la satire et la plaisanterie, il a pris la licence pour la franchise en écrivant ses poésies. Aussi comme le dit bien M. de Chézi qui a traduit une de ses pièces, son penchant pour le genre épigrammatique lui donne-t-il un rapport frappant avec l'aimable libertin de Vérone.

Nous donnons ici quelques fragmens de son *Diwan*.

Description de l'automne suivie de celle de l'hyver.

« Ah! le printems n'est plus : la tristesse reprend son empire. Les coupes ne brillent plus de ce jus délectable.... Les accens du rossignol ne retentissent plus dans les bois. Je suis allé dans la prairie, mais un deuil universel y était répandu, un morne silence y régnait, pas un seul des compagnons! Les fleurs et les basilics en ont disparu; l'onde plaintive frappait l'air de ses douloureux regrets; les arbres du jardin avaient perdu leur éclatante verdure, la pâleur et la tristesse étaient imprimées sur leur front ; et le soleil même se couvrait le visage pour ne pas voir ce lugubre spectacle.... L'affreux hyver a reparu dans nos cantons désolés, les montagnes sont accablées et gémissent sous l'énorme poids des neiges entassées; les prés ont perdu leurs attraits par le règne des âpres et rudes frimas et l'onde jaillissante s'est convertie en une masse solide et uniforme; le soleil languit, les rayons qu'il lance sont faibles et impuis-

sans, à peine effleurent-ils les monceaux d'argent humide et s'étei-
gnent aussitôt dans les brouillards épais.... Le religieux transi de
froid, incertain comme les infidèles dans la perdition, voudrait bien
passer par les lieux infernaux pour réchauffer ses membres engourdis.
La nature n'offre qu'un aspect triste et sauvage... L'oie que les flots
endurcis rebute et fait fuir, envie le sort du *Samandoun* (22) et con-
voite son séjour enflammé. Le lion superbe ne rugit plus dans les
forêts; sa férocité s'est évanouie; assailli d'une grêle épouvantable, il court confondu avec les renards et les daims se réfugier dans
les grottes souterraines.

Voici comment Anweri s'exprime dans une de
ses élégies plaintives :

» Ah! je vois que le sort ne se lasse point de me forger des revers!
pas un instant de relâche! se serait-il décidé à me ballotter sans cesse,
et à me faire tourner à l'essieu de la roue!... Chaque malheur qui vient
du ciel quoiqu'il soit par rapport aux autres un coup du hazard, à peine
est-il parvenu sur la terre qu'il demande où est la demeure d'Anweri.

» Mon sort m'est tellement contraire que si je m'achemine vers la
mer pour trouver de l'eau, je ne rencontre plus là qu'un désert aride
et desséché; si je viens à passer par un terrain gazonné, chaque brin
d'herbe se change soudain en épine pour m'ensanglanter les pieds. Si
je me dispose à gravir un rocher dans le dessein de me munir d'un
caillou ou d'un bloc, ma main ne saisit que de molles masses qui se
réduisent aussitôt en poussière; vais-je au château pour m'y repo-
ser? je ne trouve plus à sa place que des masures et des décom-
bres. M'avisai-je de saluer quelqu'un, il devient sourd et muet
pour moi, et si jamais je descendais aux enfers, je crois que je
n'y trouverais que des vapeurs glacées. Telles sont les contradictions
qu'éprouve celui dont le destin est renversé..... »

ARABI.

Arabi (ebn) Mehhiddin, fils d'Ali de la tribu de *Ttai*, auteur de plusieurs ouvrages, parmi lesquels on distingue un Diwan de poésies. Cet écrivain vivait vers le commencement du septième siècle de l'hégire.

ASSADI.

Assadi, poète persan, maître de Ferdewsi, né dans la ville de Thous en Khoraçan vers le commencement du quatrième siècle de l'hégire. Il est auteur d'un poème où les avantages de la nuit sur le jour sont démontrés avec beaucoup d'éloquence.

ASSEFI.

Assefi, né à Hérat (Perse), mort dans la même ville. On sait que les poètes persans portent ordinairement des surnoms analogues à leurs penchans ou à leur état : celui-ci étant vizir du sultan Abou-Saïd-Aldjaptou de la race de Djenguiz-Khan avait trouvé le sien dans le titre même d'Assef dont il se trouvait déjà investi (a). Outre un grand nombre de *Qassidés* et de *Ghazels* (23) très estimés qu'il a laissés on connaît encore de lui un *Makhzen-el-Asrar* (b) à l'imitation de celui de *Nizhami*, composition peu importante dont le verbiage mystique n'aboutit qu'à nous apprendre que l'auteur appartenait à la secte des *Ssoufis*. Nous devons donc nous borner à ne présenter au lecteur que des extraits de son Diwan qui est entre les mains de tout le monde.

(a) Le ministre favori du grand Suleiman (Salomon fils de David) s'appelait *Assef* et ce nom est devenu un titre d'honneur qui se donne indistinctement chez les Orientaux à tous les hommes d'état qui jouissent de la confiance de leurs souverains.

(b) Voyez la note du titre Abdi.

« L'inhumaine beauté que j'adore exige que l'on me bande les yeux à mon heure dernière, afin que je n'aie pas même la consolation de les tenir fixés sur elle en expirant à ses pieds... Elle ne daigne pas me parler, et dans le délire de mes vers, j'articule moi-même les paroles que je voudrais entendre de sa bouche........ Ah! qu'on lui verse souvent à boire; peut-être que dans un moment d'ivresse, il lui échappera de prononcer mon nom!... Puisse la foudre du ciel ne jamais atteindre les chardons qui doivent croître sur la tombe anticipée où je vais descendre! Ils seront les fidèles témoins de mon martyre, et on les verra en accuser publiquement l'auteur en la retenant par sa robe, si jamais elle aborde ce triste monument!... »

BAQAI.

aqaï (Borhan-Eddin-Ibrahim-ben-Omar) écrivain arabe, florissait en Syrie, dans le neuvième siècle de l'hégire ; il est auteur des ouvrages suivans :

1° *Nadhm-el-Dorar* (fil de perles), commentaire sur le Coran ;

2° *Adab-oua-Aqoual-el-Hokama-el-Qadima*, traité des mœurs et sentences des anciens philosophes ;

3° *Baht-fi-Alm-el-Hessab*, traité de divination par les nombres ;

4° Un recueil de poésies amoureuses en dix sections, très estimé parmi les orientaux, recueil d'où nous tirons le morceau suivant:

Les adieux.

« Au milieu de nos tendres embrassements, lorsque vers le déclin du jour, nous recevions leurs adieux avec des cœurs enflammés du feu de la douleur, un déluge de pleurs coula de nos yeux ; les témoins de cette scène touchante, sensibles à nos clameurs, ne purent retenir les leurs : Le moment cruel de la séparation approchait, le désespoir regnait parmi nous ; leurs paupières versaient des perles liquides, les nôtres se fondaient en

larmes de sang semblables à des grains de corail; elles partent
enfin, elles se dérobent à nos regards éperdus, leurs gorges
brillantes du corail de nos larmes, et nos seins restent parés des
perles qu'elles y ont déposées. »

Baqaï mourut en l'année 885.

BAQI-ABD-IL.

Baqi-Abd-il (Molla) natif de Tébriz ; il s'acquit
une grande célébrité par son érudition et surtout
par son rare talent dans la callygraphie orientale.
Aussi personne avant lui n'avait porté l'art de
l'écriture ou *khath* (24) à un si haut degré de
perfection. Ses poésies sont un mélange de sentimens tendres et passionnés, d'idées philosophiques
et de maximes morales; mais on peut dire qu'en
général il a mieux reussi à peindre les transports
de l'amour qu'à développer les principes de la sagesse et de la vertu. Dans une ôde à sa maîtresse il
lui dit :

« Ton amour n'est jamais sorti de mon cœur; comment peut-il
avoir passé dans celui d'un autre? »

Et en parlant de l'empire des passions, il s'exprime ainsi :

« N'accordes point dans le banquet de ce monde périssable leur harpe séductrice! garde toi de céder à l'impulsion de l'amour-propre et de l'orgueil, si quelque fois tes vœux ne sont pas exaucés; saches te résigner aux volontés du ciel : tu es né avec des besoins; ne te montres pas si difficile!......»

BAQI-EFFENDI.

Baqi (Mahmoud) effendi, né à Constantinople, en 933 de l'hégire et mourut en 1008. La pureté, l'éloquence de son style et l'importance de ses compositions le mettent au rang des plus illustres poètes turcs.

Son coup d'essai dans la carrière des lettres fut une ôde qu'il porta au fameux poète *Molla-Zati*. Celui-ci après l'avoir lue et avoir demandé l'âge de l'auteur qui était alors fort jeune, ne put s'imaginer que cette pièce fut son ouvrage, et lui peignit en des couleurs très vives la honte à laquelle s'expose un plagiaire : Baqi-Effendi soutint que les vers lui appartenaient. Molla-Zati pour juger de son talent

et de son goût ouvrit le recueil de ses propres poésies et lui dit de lui désigner les endroits les plus
remarquables. Le jeune poète s'en acquitta si bien
que Molla-Zati ne doutant plus de ses moyens et
de sa capacité, lui accorda son amitié et son estime.
Il lui emprunta même dans la suite deux vers dont
il a fait le commencement d'une de ses ôdes; les
voici :

« L'excès de ma passion a rendu mon corps semblable à une lyre
(djenk) dont mes larmes sont les cordes. Ma chair et mes os sont des
charbons ardens, et mon âme est l'aloës qui brûle sur ce brasier. »

Molla-Zati disait à ce sujet que les vers d'un aussi
grand poète que Baqi-Effendi étaient une espèce de
trésor public où tout le monde pouvait puiser.

Le sultan *Suleiman* protecteur éclairé des lettres
lui accorda ses bonnes grâces et le tira de la médiocrité où il vivait pour l'élever à de hautes di-
gnités, et l'admit même dans sa société intime.
Après la mort de ce prince, Baqi-Effendi lui composa une oraison funèbre remplie de beautés, où se
peignent les regrets sincères du poète. En voici un
passage :

» Homme ambitieux qui t'enchaînes toi-même dans les liens d'une
prétendue gloire, jusques à quand ce monde périssable occupera-t-il
seul ton cœur? Saches employer l'instant présent, car le printems de

la vie parvient bientôt à son terme, et la brillante fleur de ton âge doit se faner comme la feuille d'automne? Un petit coin de terre sera ta dernière demeure lorsque la main du tems aura lancé la pierre fatale qui doit briser la coupe de ta vie. Celui-là seul mérite le nom d'homme, dont le cœur est pur comme le cristal; si tu es homme pourquoi nourrir dans ton sein la rage du tigre; un grand exemple est sous tes yeux; jusques à quand resteras-tu plongé dans le sommeil de l'indifférence? la mort d'un si puissant monarque n'est-elle pas pour toi un avertissement suffisant? la Hongrie a courbé la tête sous son glaive victorieux; l'Europe a apprécié la perle de son cimeterre. Après tant d'exploits, il est tombé comme la feuille de rose qui se détache de sa fleur; le trésorier de la mort s'en est emparé comme d'une pierre précieuse et l'a renfermée dans un coffre-fort.»

Baqi-Effendi composa aussi un poème sur l'avènement à la couronne de *Sultan-Sélim* et fut comblé de faveurs par ce prince comme il l'avait été par son prédécesseur. Il fut moins heureux sous sultan *Mourad* fils et successeur de *Sultan-Sélim;* des envieux le calomnièrent et lui firent perdre la place qu'il occupait. Ils avaient eu la méchanceté, pour attirer sur lui la colère du sultan, de lui attribuer ce vers de *Nami:*

« Je préfère ma nourriture frugale aux repas splendides des grands, et ma chaumière à leurs palais. A mes yeux l'homme ivre, enseveli dans un paisible sommeil, est au-dessus de l'homme orgueilleux dont l'ambition corrompt ses plaisirs. O Baqi, l'imprudence du papillon qui se brûle au flambeau de l'amitié, ne vaut-elle pas mieux que l'apathie du phénix qui siége au faîte de la gloire? »

Les ennemis de Baqi-Effendi avaient substitué

dans ces vers son nom à celui de Nami, et insinuè-
rent au sultan que l'intention secrète du poète
avait été de faire un parallèle injurieux pour sa
hautesse entre elle et le sultan Sélim son père que
l'on savait avoir été adonné à la boisson. Dans la
suite la calomnie fut découverte et le sultan ayant
trouvé ces vers dans un ancien recueil, rendit ses faveurs à Baqi-Effendi, et le nomma cadi de la Mecque
et bientôt après cadi de Constantinople. Les œuvres
de Baqi ont été traduites en vers allemands par
M. J. de Hammer, in-8°, Vienne 1825.

BEDREDDIN-ABOU-MUHAMMED.

Bedreddin-Abou-Muhammed, né à Alep en 701
de l'hégire, auteur du *Nessim-el-Sabahh* (le zéphire
matinal), poème ingénieux et plein de descriptions
charmantes : ce petit ouvrage mêlé de prose et de
vers, et écrit d'un style élégant, contient trente-
cinq chapitres que l'on peut regarder comme autant
de poèmes détachés sur différens sujets choisis dans
le vaste domaine de la nature et dans la morale :
nous allons essayer d'en traduire le quatrième qui
est intitulé :

De la Nuit et du Jour.

« J'étais une nuit tristement étendu dans ma couche solitaire m'efforçant en vain de goûter les douceurs d'un sommeil fugitif, lorsque tout-à-coup j'entends heurter à ma porte. C'était un étranger qui tout en frappant récitait à haute voix ce distique :

« Les nuits sont des sources paisibles où l'homme puise le repos et
» la santé; mais aussi sa vie s'écoule rapidement au milieu de leur
» succession continuelle. Dans l'affliction, la plus courte lui paraît
» éternelle. Est-il livré à la joie? Alors la plus longue est trop courte à
» son gré. »

» Je me levai aussitôt tout surpris de cette aventure déplorant les années écoulées de ma vie, et ayant les manches de ma robe humectées par l'abondance de mes larmes. J'élevai la voix, et dis à l'inconnu : « Toi qui viens me surprendre dans cette nuit obscure, aurais-tu du
» goût pour la conversation? O combien de conversans s'écria-t-il en
» entrant, qui ont péri sous le ciseau de la parque inhumaine! puis il
» me salua et s'assit en poussant un profond soupir. Toi, repris-je, qui
» sais si bien orner l'oreille des riches boucles de tes paroles! dis-moi
» quelque chose de la longueur des nuits? et il parla ainsi :

« Quelle nuit que celle dont les astres sont enchaînés! son obscurité
» ne se dissipe point, elle est aussi longue pour celui qui en attend la
» fin que le grand jour de la résurrection!... Son cours silencieux est
» suspendu; semblable à l'arabe infirme qui n'a plus la force de s'é-
» lancer sur sa chamelle, la grêle de ses étoiles ne se fond pas, ni son
» flambeau éteint ne se rallume, ni ses sombres draperies ne s'usent,
» ni ses aîles ne se déployent, ni son crépuscule ne luit! Enveloppé de
» ses épaisses ténèbres, l'homme souffrant a perdu l'espoir de sortir
» avec le jour de l'état douloureux où il languit; nuit désolante qui
» absorbe dans sa profondeur les rayons de l'aurore, et dont l'horreur
» écarte le sommeil de la paupière impatiente des amoureux! Ah!
» parlez-moi de l'éclat du jour dont j'ai perdu l'agréable souvenir.

» L'on dirait que cette nuit est ivre d'obscurité. Elle ressemble à un
» oiseau privé de ses ailes, à un esclave accablé sous le poids de ses
» lourdes chaînes, à une mer dont le débordement n'est suivi d'aucun

» reflux, à un paralytique qui n'a plus la force de se mouvoir, à un
» infortuné aveugle frustré à jamais de la lumière du jour.

» Ou bien à un voyageur égaré dans l'immensité du désert qui ne
» trouve point de guide pour échapper aux dangers qui le menacent, à
» une armée engouffrée dans des plaines sablonneuses à un mouve-
» ment circulaire qui recommence là où il devrait finir. »

» Il faut que tu saches ô docte et clairvoyant ami, ajouta l'inconnu,
» que les nuits se prolongent pour l'homme affligé, et se raccourcissent
» au contraire pour celui qui a le cœur gai et content.

» Leur durée pour moi dépend du caprice de ma maîtresse; si sa
» présence m'est refusée, je trouve qu'elles ne s'écoulent pas assez ra-
» pidement, mais se rend-elle à mes désirs impatiens? alors le soleil
» se lève trop tôt pour moi. »

» Ici j'interrompis mon hôte pour le mettre sur l'article du jour, et
il continua ainsi :

« Hélas! ces beaux jours dignes d'envie passés dans les plaisirs et
» l'allégresse n'existent plus pour moi! et il ne me reste après eux que
» des souvenirs pleins d'amertume et de regrets!...

» Alors les circonstances étaient propices, le ruisseau de l'adoles-
» cence coulait dans toute sa fraîcheur et sa pureté; le parfum de la
» joie se savourait délicieusement; le flambeau de l'aménité éclairait
» tous les lieux, les amis se prêtaient à tout, les malveillans étaient
» écartés, les plaisirs s'offraient sous mille formes séduisantes, la vie
» était exempte de soucis et constamment paisible; le destin fermait
» l'œil sur ce qui se passait dans le monde; en un mot la nymphe du
» bonheur présidait à toutes les sociétés où régnaient à la fois, la con-
» corde, la gaité, la candeur et les grâces naturelles!

» Après une petite pause l'inconnu reprit son discours en ces
termes :

« Jusqu'à quand l'homme se laissera-t-il emporter par ses folles et
» orageuses passions? Des constellations peu propices exercent leur
» maligne influence sur ce bas monde : quiconque espère se les rendre
» favorables, devient tôt ou tard victime de sa crédulité. La vie est si
» pleine de dégoût! elle passe comme l'ombre!... Voyez comme le
» destin se plait à rompre les liens les mieux assortis, à reprendre les
» dons qu'il a accordés, à empoisonner la coupe de la sécurité, et à se
» jouer cruellement de ceux qui se sentent dévorés d'une soif ardente

» en leur offrant pour unique source le *Serab* trompeur, cette appa--
» rence de lac produite dans les déserts par les exhalaisons d'un sol
» embrâsé ?.. Implorer son assistance, c'est s'exposer à des chûtes dé-
» sastreuses, aspirer à vivre tranquillement sous ses lois, c'est re-
» noncer à toute espèce de repos...

» Réclamer du destin ce qu'il n'a pas coutume d'accorder, c'est
» chercher un charbon ardent au fond de l'eau. »

» L'inconnu s'arrêta à ces mots et me dit : « Les ombres de la nuit
» commencent à se dissiper. Déjà les yeux de l'aurore se rouvrent : le
» zéphire matinal agite ses ailes parfumées, il est tems de nous séparer
» et il se leva pour sortir. O homme éclairé et plein d'amabilité m'é-
» criai-je, donne-moi de grâce avant de me quitter quelques avis utiles
» pour servir de règle à ma conduite : Garde-toi me dit-il des mau-
» vaises actions et vis dans la crainte du seigneur ! offre lui des hom-
» mages perpétuels d'admiration et de respect, car il exauce les vœux
» qu'on lui adresse au milieu des nuits, et connaît tout ce qui se fait
» pendant le jour ; » puis il me dit adieu et disparut.

Bedreddin est encore connu par un recueil de
poésies galantes aussi délicates et fraîches, dit un
biographe arabe, en faisant allusion au *Nessim-
el-Sabahh*, que le souffle délicieux du zéphire matinal ; en voici un extrait qui nous paraît pouvoir
justifier cet éloge :

« Le sang de ses adorateurs (en parlant de sa belle) lui est agréable, un seul de ses regards en détermine l'effusion. C'est une brune pi-
quante qui par les voluptueux balancemens de sa taille svelte inspire
la jalousie aux lances meurtrières. Quand sa face éblouissante resplendit tout-à-coup au milieu de la nuit, je crois voir le soleil qui
éclaire et embellit l'Orient. Ses yeux pleins de vivacité et de prestiges
lancent continuellement des traits homicides qui blessent et captivent
tous les cœurs : ah ! ne leur reprochez pas d'avoir fait couler mon sang
car l'on ne saurait avoir trop d'indulgence pour eux qui sont dans

l'ivresse ou qui semblent se consumer de langueur ! Daignes, beauté inexorable, suspendre la guerre cruelle que tu fais à mon tendre amour; je t'ai depuis longtems rendu les armes... Il suffit de considérer les longs cils qui ornent tes charmantes paupières pour se convaincre qu'ils sont destinés à jeter le trouble dans les sens, et à subjuguer la raison... O vous qui désirez connaître l'état de mon cœur, de ce cœur livré sans retour aux transports de la passion la plus violente ! que vous dirai-je des maux qu'il endure ? ils sont extrêmes, et j'ai perdu l'espoir d'y survivre ? »

On a aussi de Bedreddin un itinéraire en vers et en prose d'*Alep* à *Beyrut,* qui nous fournira l'extrait dont nous avons besoin pour compléter cet article. Il s'agit de cette dernière ville où le poète étant tombé malade au cœur de l'été, et n'ayant pu y trouver le lait que les médecins lui avaient ordonné fit cette épigramme contre les habitans :

» Que pensez-vous de Beyrut et de sa population? Savez vous que les chaleurs y sont aussi cuisantes que celles de l'enfer ? Étrange contradiction, de ne pas trouver ici du lait, lorsque la plupart des habitans sont des vaches! »

BEHRAM-MIRZA.

Behram-Mirza, fils de Schah-Ismael-Ssefewi, fut

un prince orné des plus belles qualités. Celle de poète lui a assigné une place distinguée sur le parnasse persan ; il mourut à la fleur de son âge en 954 de l'hégire. Quelques instants avant d'expirer il fit cet impromptu :

« Jusqu'à quand *Behram* t'énorgueilliras-tu de ta jeunesse et de tes titres dans ce parc dangereux (le monde) où tout finit par devenir la proie du chasseur éternel : Ne vois-tu pas que tu risques à chaque instant de tomber dans quelqu'une des embûches qui t'y sont dressées? »

BEHESCHTI.

Beheschti (Ahmed) poète turc jouit d'abord d'une grande considération à la cour du sultan Bayazed. Ayant ensuite encouru la défaveur de ce despote capricieux, il fut contraint de se retirer en Perse, où Jami et Néwaï le reçurent amicalement et le présentèrent à Sultan-Hussein-Beighara qui lui accorda ses bonnes grâces et son estime. Deux ans après il obtint son pardon à la sollicitation du monarque Yranien, et retourna auprès de Bayazed dont il éprouva toute la générosité. On a de ce

poète un *Diwan* et un *Khamsé* (recueil de cinq
poèmes épiques); deux productions où l'on re-
marque une touche assez délicate pour ne pas
hésiter de le mettre au-dessus des poètes médiocres de sa nation. Voici quelques extraits du premier de ces ouvrages :

  « Quel moment agréable, ô Echanson! que celui où l'on savoure
à long traits les rasades du matin. Ton charmant visage nous annonce l'approche du jour. Prends la coupe et hâte-toi d'y verser
les brillantes couleurs de l'aurore.... De quels pressoirs grand-
Dieu! est donc coulé ce vin capiteux qui agît si puissamment sur
nos sens? versé dans les banquets de ma belle, il offusque la
raison au point, que celui qui en a humecté ses lèvres, ne sait
plus distinguer les neuf sphères célestes d'avec ces globules d'air
que l'on voit s'élever à la surface des eaux. — Les productions
de ma muse respirent le charme de l'amour... Les feuillets de mon
esprit ne sont pas propres à recevoir l'empreinte des conseils.......
O *Beheschti!* rends grâces au Très-Haut de ton admission dans le
cercle des amoureux! Garçon prends la coupe enchanteresse et
fais la circuler dans nos rangs... N'offenses point tes semblables par
des paroles ironiques; car le sarcasme ne saurait jamais porter at-
teinte à la réputation d'autrui; au contraire, la honte en retombe toute
entière sur son auteur : tel que le caillou qui frappe rudement contre
une surface solide, rebondit soudain et blesse celui qui l'a lancé. »

Nous terminerons ces extraits par un passage
dans lequel le poète tâche d'écarter le ridicule qu'il
craint de s'être donné en se livrant sans réserve au
plaisir de louer ses propres productions :

  « O Beheschti! tu t'es trop vanté dans tes vers; c'est t'exposer au blâme des esprits malveillans ! Te sied-il bien de prendre la lyre et de t'ériger en poète, lorsque Jami et Néwaï nons font entendre leurs chants harmonieux. L'un et l'autre comme deux rossignols attendrissans, pénétrent nos cœurs de la plus douce émotion. Toi chétif corbeau, quelles sont tes prétentions? Serais-tu assez sot et impudent pour vouloir entrer en concurrence avec eux? Mais diras tu les hommes indulgens tolèrent quelquefois les jactances et les cajoleries, quand elles ont pour objet de faciliter le débit d'une marchandise médiocre. Quel inconvénient y a-t-il en effet, à ce qu'un vendeur de colifichets, dans la vue de s'attirer des chalands, appèle ses cristaux colorés, du nom de rubis et de topazes ? »

BENT-AICHA.

Bent-Aïcha, fille de Ahmed, poète née à Cordoue, vivait vers la fin du quatrième siècle de l'hégire. Les poésies et les oraisons célèbres de cette femme étaient souvent récitées dans l'académie de cette ville.

BIKHODI.

Bikhodi, poète persan de la tribu des Roum-

lous de la Perse : on a de lui quelques *Qassidés*
dans l'une desquelles il s'exprime ainsi en célé-
brant le règne heureux et brillant du prince dont
il était le sujet :

« Le loup sanguinaire et vorace a perdu sa férocité naturelle
sous le gouvernement paternel du meilleur des rois; devenu paisible habitant de l'étable, on le voit suivre le berger et l'aider au
besoin à charger sur ses épaules la brebis fatiguée qui n'a plus
la force de rejoindre le troupeau. »

BOKHTARI.

Bokhtari (Abou-l'-Ebada-Ould-ben-Obeid) poète
illustre né à Coufa, l'an 206 de l'hégire et mourut
l'an 269, à Baghdad. Il florissait sous le règne de
Khalif-Mostaïn. Ce poète est renommé en Orient.
Sa muse vigoureuse et suave ne s'est exercée que
sur des sujets nobles et importans. On a de lui un
Diwan très estimé, qu'Aboubakr-el-Saouli a distri-
tribué par ordre alphabétique et de matière. Il répondit ainsi sur la préférence à établir entre ses
poésies et celles d'Abou-Temmam :

« Ce qu'Abou-Temmam a de bon, passe ce que j'ai de meilleur,
mais ce qu'il a de mauvais, vaut moins que ce que j'ai de pis. »

CAAB-BEN-ZOHAIR.

Caâb-ben-Zohair poète qui florissait au septième siècle de l'ère chrétienne, et dans le
principe du mahométisme. D'Herbelot fait
erreur en disant qu'il mourut l'an 622 puisque
Abou-l'-Féda dans ses annales rapporte qu'il récita
son poème à Mahomet l'an 9 de l'hégire ou l'année
630. Ce poème ainsi que celui de Bowéissiri est
intitulé *Qassidèt-il-Borâ*, c'est le plus célèbre qui
ait été composé à la louange du prophète.

CHÉDID-ABOU-L'-HHASSAN.

Chédid-Abou-l'-Hhassan, né à Balkh, est avantageusement connu par l'élégance de sa versification : Roudeki qui fesait un grand cas de lui a dé-

ploré sa mort dans une élégie touchante. Voici un extrait du *Diwan* du à ce poète estimable :

« L'homme appartient à toutes les classes de la société dont il fait l'ornement et le charme : l'ignorant seul demeure étranger parmi ses semblables... Si le chagrin qui s'empare de tous les cœurs produisait, comme le feu, de la fumée, le monde entier serait enveloppé d'une obscurité perpétuelle !... Je passais hier à travers des amas de ruines : j'y vis au lieu du coq le hibou solitaire qui faisait entendre ses cris funèbres ! Pourquoi ces gémissemens lui dis-je ? Je déplore, me répondit-il, la fin des grandeurs humaines !... »

DAHHAN-EL-BAGHDADI.

Dahhan-el-Baghdadi (Abou-Muhhammed-ben-Mobarak) né à Baghdad l'an 494 de l'hégire, et y mourut l'an 567. Auteur de plusieurs ouvrages et de grammaires. Devenu aveugle il se consola de ce malheur en se livrant à la poésie. On a de lui un *Diwan* assez estimé. Une de ses maximes était :

« Quatre choses doivent peu nous flatter : la familiarité des princes, les caresses des femmes, le rire de nos ennemis, et la chaleur de l'hiver ; car ces choses ne sont pas de longue durée ».

DIB-EL-KHOSSAI.

Dib-el-Khossai, poète arabe distingué, né à Coufa l'an 70 de l'hégire, mort en 250, s'acquit par son mérite l'amitié du khalife Haroun-el-Reschid.

On a de lui un *Diwan* composé de *Ghazels* très
élégants.

DJAFAR-BEG.

Djafar-Beg, chef de la tribu des Begdellis de la
Perse, vivait sous le règne d'un des derniers princes de la dynastie Sséfewienne; se distingua autant
par sa bravoure que par son goût pour les muses
Iraniennes dont il fut un des nourissons chéris :
passant un jour près d'un vieux château qui me-
naçait ruine, il traça sur sa porte croûlante les
vers suivans que Hadj-Lotfali-Beg a insérés dans
son *Ateschkédé* :

« Chaque crevasse de cet antique édifice est une bouche entr'ouverte qui rit de la pompe passagère des demeures royales! »

DJAHI.

Djahi, issu de la famille royale des Sséféwis de

Perse, ne prit aucune part aux affaires du gouvernement, préférant, en vrai philosophe, aux soins
pénibles qu'elles entraînent, les doux et heureux
passe-tems que procure la culture des belles lettres
et de la poésie. Malgré la vie retirée qu'il menait,
il fut cependant enveloppé dans la disgrâce de
quelques uns de ses parens prévenus de conspiration et mis à mort avec eux par ordre de Schah-
Ismaël II.

« Tu souffres (dit-il à sa belle dans une jolie épitre qu'on a de
lui); tu souffres, je le sais, d'un mal d'yeux cuisant! ah cruelle tes
regards seraient ils tombés par hazard sur quelque amant délaissé
et livré comme moi au tourment de l'attente? »

DJALAMI.

Djalami (Abou-l'-Abbas) né à Manssour (Égypte)
au commencement du huitième siècle de l'hégire.
On a de lui un *Diwan* de poésies.

DJANI-ASSEF.

Djani-Assef. Hadj-Lotfali-Beg ne fait nullement mention de cet auteur qui parait cependant n'être pas sans mérite à en juger par les divers extraits que Ghefouri, rapporte de son poème sur les amours de *Ferhad et Schirin* (25). Voici comment il décrit une des entrevues de ces deux illustres amans :

« L'éperdu *Ferhad* est secrètement introduit dans l'appartement de la reine qui du premier regard le rappelle à la vie; puis détachant avec une grâce inexprimable le ruban qui retient captifs ses long cheveux elle l'énivre de leur délicieux parfum; jusque là aucun mot, aucun geste n'était échappé aux deux amans; leurs yeux seuls s'interrogeaient, se répondaient dans le langage muet mais éloquent de l'amour. *Schirine* rompt enfin le silence et laisse couler de sa bouche des paroles pleines de douceur et de suavité. Ferhad a déjà vu se rallumer le flambeau de son espérance; il ne souhaite plus la mort, il renonce au projet funeste de s'ensevelir sous les immenses débris du *Bicetoun*, (26) en le sapant jusque dans ses fondemens. Il est heureux, il baise la main de sa royale maîtresse et retourne au pied de son rocher pour y exécuter de nouveaux ouvrages dignes de l'admiration de tous les siècles passés et à venir, monument gigantesque de sa force plus qu'humaine et de son art prodigieux !..... »

DJELAL-EDDIN-ROUMY.

Djelal-Eddin-Roumy poète persan né à Balkh en 642 de l'hégire, mort en 670, auteur de plusieurs ouvrages réunis sous le titre de *Diwan-Mestenewi*(27) traduit en partie par W. Jones dans son *Discours sur la poésie mystique des Persans et des Indous* inséré dans le tome 3 des *Asiatick-Researches* et dans les *Mines de l'Orient* de M. Ouseley.

DJORAIR.

Djorair célèbre poète vivait dans le commencement du deuxième siècle de l'hégire. Ebn-Khalekan fait un grand éloge de sa poésie. C'est le même dont parle M. de Sacy dans sa *Chrestomathie arabe*, tome 3.

DOREID.

Doreid (Ebn-Aboubakr-Muhammed) célèbre poète de l'Arabie, né à Bassora en l'année 252 de l'hégire, mort à Baghdad en 321. Il est auteur entr'autres ouvrages d'un recueil de poésies à la louange des anciens poètes arabes, publié en 1773, et intitulé *El-Qassaied-el-Makssoura*. Ce recueil se compose de plusieurs petits poèmes dont tous les vers commencent et finissent par une même lettre.

EMADI.

madi surnommé *Schéhériari* parcequ'il était natif de Schéhériar, vivait sous l'empire de Melek-Schah II. Son *Diwan* composé de quatre mille vers lui valut le titre de *Melik-el-Schoâra* (prince des poètes) de son siècle. Il mourut l'an 575 de l'hégire, à Balkh.

EMRI.

Emri poète turc naquit à Andrinople. La fortune qui se plait souvent à persécuter le mérite lui fit éprouver toutes ses rigueurs.

Il vécut presque toujours dans la misère ; c'est de lui-même qu'il a dit :

« Je suis une perle enfouie dans du fumier ; quel prix pourrais-je avoir si le joaillier de la fortune ne me découvre pas ? »

Les chagrins abrégèrent ses jours, et il mourut dans un âge peu avancé en 982 de l'hégire.

Les ouvrages de ce poète se font remarquer par la délicatesse et la subtilité des pensées. Il s'était acquis une telle réputation dans l'art de faire des énigmes qu'il a discrédité toutes celles de Mir-Hassan, auteur fameux qui a excellé dans ce genre.

Le soin qu'Emri mettait à la pûreté du sens de ses compositions, l'a fait accuser de ne point s'être élevé jusqu'au délire poétique. Hassan-Tchélebi, a cherché à prouver l'injustice de ce reproche en citant de lui les vers suivans :

« Au jour de la résurrection, si je ne suis point réuni avec ma bien-aimée, je parcourrai la vallée de *Josaphat* en me frappant la poitrine avec la pierre de mon tombeau.

« La passion que tu m'inspires a tellement exténué et diminué mon corps qu'une aile de mouche suffirait pour me couvrir.

« Dans la vallée des larmes, le *Ghorrab* (28) du malheur dédaigne et rejette de son bec les ossements d'Emri.

Il a souvent fait la peinture de son infortune, et il a exprimé le regret qu'il éprouvait de n'avoir point d'amis, dans un joli distique dont voici le sens :

« Que fais-tu dans ce monde sans amis? peux-tu te promener dans un jardin où il n'y a point de roses? »

FADHÉL.

adhel (el-qadhi) son véritable nom est
Abdelrrahim, il est connu aussi sous celui de Mudjer-Eddin, il naquit à Bissan
près du Jourdain et fut vizir du fameux Saleh-
Eddin (3o) qui honora ses talens, et l'employa
avec succès dans diverses négociations importantes;
aussi disait-on à la louange de ce grand homme:
« Les provinces n'ont pas été conquises par les
armes du sultan, mais bien par la plume merveilleuse du Qadhi-el-Fadhel *ma-fatahat-el beldan
bal ássaker, enema fatahat baaqlam el qadhi el-
Fadhel*. Il fut le collègue du célèbre Omad-el-
Kateb autre visir de Saleh-Eddin, et contre l'ordinaire des gens de cour, ces deux ministres vécu-
rent dans la plus parfaite intimité : Fadhel était
devenu bossu à la suite d'une chûte de cheval, et
mourut peu après son maître dans l'année 596 de
l'hégire. Le surnom de Qadhi lui est venu de la
charge de juge qu'il avait d'abord exercée à Bissan;

les Musulmans le regardent comme un de leurs plus grands orateurs; et c'est de lui qu'un poète a dit : « Heureuse *Bissan !* tu peux aspirer à l'honneur du premier rang parmi les villes du monde; il te sied bien de te glorifier de cet avantage; l'astre de la félicité brille au-dessus de la sphère de Mars, pourquoi ne te vanterais-tu pas d'être la cité par excellence puisque tu as produit Abdelrrahim fils de Seid-Ali. »

A un génie actif et pénétrant, Fadhel joignait le goût des belles lettres et des études agréables, et c'est en se livrant dans ses momens de loisirs à la lecture et à la composition, qu'il se soulageait du poids des affaires : il recherchait la société des gens instruits et ne voyageait jamais sans prendre avec lui sa riche et nombreuse bibliothèque. Les ouvrages sortis de sa plume élégante consistent en une collection immense de lettres philosophiques sur différens sujets où l'on trouve des pensées profondes, des maximes pleines de moralité, des discussions savantes, des traits nobles et vigoureux, et tout ce qui caractérise un style pur et harmonieux : ses écrits poétiques sont frappés au même coin : le morceau suivant extrait d'une de ses odes à la louange du sultan Saleh-Eddin suffira pour en donner une idée avantageuse aux lecteurs compétens :

« Sont-ce des récits historiques, ou des versets du livre sacré que nous offrons ici? Serait-ce plutôt des astres reluisant dans la sphère de la gloire?... Ta main, grand prince, est un océan de libéralité, le glaive dont elle est armée brille d'un éclat vacillant et se dessine en vagues ondoyantes : des perles précieuses sont amoncelées au fond... Les flots de la mer bouillonnent à ta droite (a). L'astre des nuits resplendit sur ton front. Habiterais-tu dans un même tems le globe terrestre et la région des étoiles?... Les peuples en te voyant marcher dans le chemin de la victoire et reculer les limites de tes états se sont écriés voilà le monarque digne de commander aux hommes. Les actes de ta bienfaisance les ont remplis d'étonnement, ils te regardent comme le mortel le plus accompli ; tes vertus éminentes comme les astres radieux de la voûte céleste, versent sur nous une lumière propice, et font naître dans le jardin des louanges, les fleurs de la reconnaissance. Notre admiration pour toi s'accroit chaque jour. Tu fais le sujet continuel de nos conversations. J'ai attentivement observé ton étoile : elle est pour l'ascendant du bonheur... Elle conservera à jamais cet aspect favorable pour toi, mais sinistre et disgrâcieux pour tes ennemis... Tu es le père de tes soldats, et si tu ne leur permets pas de se livrer au repos, c'est pour les conduire de victoires en victoires..... Tu voles sans crainte au-devant de la mort, et tu la braves alors même que cette déesse sauguinaire laisse tomber le bandeau funèbre qui voile sa figure horrible. La nuit la plus obscure ne saurait ralentir tes pas, ton intrépidité supplée à l'absence de ses flambeaux, et au milieu même des ténèbres l'on te voit cueillir de nouveaux lauriers... Le Très-Haut t'a destiné à rendre la terre florissante. Semblable à la nue libérale du printems, ton gouvernement fondé sur les lois de la sagesse et de l'équité nous abreuve d'une source intarissable de bienfaits et de prospérité... Quand le grand rideau de l'empire a été relevé nous avons vu soudain briller la majesté royale dans la personne d'un monarque en qui réside la magnanimité, et dont les qualités héroïques sont dignes de toutes louanges... L'on me demandait quelle est la véritable gloire : c'est répondis-je celle qui se décèle dans les actions de mon prince et que la renommée a por-

---

(a) Les poëtes orientaux comparent ordinairement la libéralité d'un prince magnifique à une mer dont les flots sont continuellement agités.

tée si loin ! Les soutiens de ta puissance ont été injustes à ton
égard, car ce qu'ils ont dit de toi, est bien au-dessous des éloges
qu'ils doivent à ton rare mérite... Tu menaces de ta lance redoutable les constellations célestes qui s'empressent de la caresser en
y attachant leurs guirlandes étoilées. Tes invincibles soldats à force
de triompher sont devenus insensibles à la victoire ; l'on dirait
qu'ils n'ont d'autre récréation que le maniement des armes, d'autres sources pour étancher leur soif que les flots de sang qu'ils
font couler... Leur bravoure est féconde en prodiges ; et si nous
n'en étions les témoins oculaires, nous aurions peine à croire aux
merveilles que l'on en raconte. »

FAREDH-OMAR.

Faredh-Omar-ben-Scheikh, illustre poète arabe,
né au Caire en 577 de l'hégire et y mourut en
632. Ses poésies ont été recueillies dans un *Diwan*
dont les exemplaires sont en très grand nombre, et
elles sont très estimées parmi les orientaux. Nous
devons à la plume savante de M. le baron de
Sacy un extrait du recueil de ces poésies (voir
sa Chrestomathie arabe, 2ᵉ partie). Les poésies
d'Ebn-Faredh sont aussi révérées chez les Arabes
que le sont parmi les Persans celles de Hhafezh
parce qu'elles ont à leurs yeux le même caractère
de mysticité que l'on prête à ces dernières.

FÉLÉKI.

Féléki (Abou-l'-Nazhm-Muhammed) poète persan naquit à Schamakhi sur les bords de la mer
Caspienne. Il se livra dès son jeune âge aux mathématiques ; l'amour le rendit astrologue (a), mais
il abandonna la carrière des sciences pour se vouer
tout entier au culte des muses. Il parvint en peu
de tems à éclipser les plus beaux esprits de son
siècle, et jouit en Perse d'une grande réputation.
Il a laissé un traité intitulé *Ahkam-Nedjioum* des
Jugemens astrologiques, et un fort recueil de poésies.
Il mourut l'an 577 de l'hégire dans un âge peu
avancé et fut enterré dans sa ville natale.

(a) Ce qui lui fit donner le surnom de *Féléki* du mot persan *felek* qui chez les poètes orientaux se prend ordinairement pour *destin, fortune.*

9

FERDEWSI.

Ferdewsi (*a*) (Abou-l'-Qaçem-Hhassan); l'Homère de l'Iran ; auteur du *Schanamé* poème ou
plutôt narration épique de l'histoire de la Perse
depuis la dynastie des *Pischadiens*, c'est-à-dire
les tems fabuleux, jusqu'à la mort de *Jezdjerd*
dernier souverain de celle des *Ssassaniens* qui
fut défait et tué par les Arabes sous le règne
du khalife *Omar*. Il composa ce poème de 120,000
vers, à *Ghazna* par ordre du sultan *Mahmoud-
Sebektekin :* s'étant vu frustré de la récompense (*b*)
que ce monarque avare et mal conseillé avait pro-
mise il le déchira horriblement dans une satire
pleine de fiel que la postérité n'a pas laissé que de
sanctionner, et retourna à Ttous sa ville natale
où il mourut pauvre et ignoré en 411 de l'hégire;
Ferdewsi a su répandre avec adresse et fécondité

(*a*) C'est-à-dire habitant du paradis. Ce poète fut ainsi surnommé à l'occasion d'un joli
jardin que cultivait son père, et qui s'appelait *Ferdews*, en persan : paradis.
(*b*) C'était une pièce d'or par *Beit* ou distique. Mais le sultan ne lui en envoya que 60
mille en argent. On raconte que Ferdewsi se trouvait au bain lorsqu'il reçut cette somme
et que dans son indignation il la distribua sur le champ aux garçons qui le servaient et
disparut pour toujours de la capitale.

dans son poème les richesses de la fiction, les ressources de l'imagination, les diversités de caractères, la variété des tableaux, et le jeu d'une versification bien soutenue. Voici quelques extraits de son chef-d'œuvre que l'on regarde à juste titre comme le monument le plus précieux de la poésie persane (c).

« *Bilsem* (d) sortait d'une famille illustre : avide de renommée il ne respirait que la gloire des combats ; l'Iran et le Touran n'avaient point de guerriers qui lui fussent comparables. Le discours d'Affraciab (e) enflamme son imagination et lui fait froncer le sourcil ; il s'approche du roi l'esprit occupé de hautes et belliqueuses pensées, le cœur agité d'un noble dépit et lui parle en ces termes : « Je suis, seigneur, à » la fleur de mes ans : j'ai du zèle et de l'ambition, l'aspect du » danger ne m'intimide pas : permettez que je signale aujour- » d'hui mon courage par quelques actions éclatantes. Ordonnez-le » et j'irai défier les plus vaillans capitaines de l'Iran ; ils éprou- » veront la force de mon bras ; et leurs têtes abattues sous le » fer dont il est armé rouleront sanglantes dans l'arène? » Il » dit et le monarque applaudissant à son ardeur impatiente : « Vas s'écrie-t-il jeune et magnanime héros, vas justifier mes es- » pérances! que les ennemis de ton roi apprennent à trembler de- » vant toi : puisses-tu revenir dans nos rangs couronné par la » victoire et chargé de riches dépouilles! » Bilsem ne se possède plus, il s'agite en tout sens, sa voix retentit comme un vase d'airain sonore : il s'élance avec l'impétuosité des vents déchaînés sur les ba-

---

(c) M. Langlès a publié deux volumes des contes, fables, sentences tirés des différens auteurs arabes et persans, avec une analyse du poème de Ferdewsi sur les rois de Perse.

(d) Général des armées d'*Affraciab*.

(e) Neuvième roi de Perse de la première dinastie, appelée *Pischadiens;* fondateur de la ville de Baghdad.

taillons ennemis, tantôt assommant de sa lourde massue, tantôt taillant en pièces de son sabre acéré tout ce qui se présente à lui...

Bientôt, dit le poète eu faisant la description d'une autre bataille; bientôt la plaine est rougie du sang des soldats acharnés; elle retentit de cris horribles, la fureur et le désespoir sont dans tous les cœurs; le drapeau de la mort flotte alternativement sur les deux partis, et la mer frémit au loin du fracas des armes. L'air se condense au détriment de la terre qui creusée sous les pas des combattans s'ébranle et perd de son volume en lui envoyant d'immenses tourbillons de poussière. La hache redoutable à deux tranchans frappe et renverse tout; souvent elle reste enfoncée sanglante au sommet du casque qu'elle a entamé et présente dans cette position à l'œil interdit l'image de la crète empourprée du coq belliqueux... Les javelines volent de toutes parts, se croisent comme les éclairs et déposent dans les poitrines qu'elles déchirent les germes du trépas : ce sont des sauterelles affamées qui dévorent les moissons de la vie!...

Les récits d'un genre agréable sont nombreux et bien ménagés dans le même ouvrage : le poète annonce ainsi le retour de la belle saison :

» Les nouvelles légions du printems ont déjà arboré leurs étendards bigarrés dans les champs du bonheur, au bord des ondes de la sécurité! La terre étale avec pompe les riches trésors de son sein. Comme une troupe de jeunes et joyeux perroquets qui déployent lentement leurs ailes d'émeraude, ainsi la verdure des prés s'élève en trémoussant et brille de toutes parts... Soudain le génie qui préside à la saison ouvre le livre mystérieux de l'amour sous des berceaux de jasmins et de lilas, et distribue de sa main bienfaisante les recettes de la volupté... O contemplez en ce jour solemnel cette multitude de fleurs diverses, qui détachées de leurs tiges flexibles tapissent les allées de nos jardins et embaument les airs de leurs délicieux parfums! Voyez comme leurs couches molles et éclatantes, prolongées à l'infini, re-tracent ici-bas la voie lactée du firmament... La nature rajeunie verse dans tous les cœurs l'abondance des plaisirs. Les hôtes des bois font

entendre leurs mélodieux concerts, et les habitans des eaux viennent bondir d'aise à la surface de leur liquide élément. »

Avant de se brouiller avec sultan Mahmoud il
avait dit de ce prince dans un beau panégyrique
qui nous reste de lui :

« Que le Très-Haut répande sur lui ses éternelles bénédictions!...
Lorsque l'enfant a encore les lèvres humectées du lait maternel,
le premier mot qu'il prononce au berceau c'est le nom de *Mahmoud* :
sous son règne de justice et de paix le loup vorace et le timide
agneau se désaltèrent à la même source : du Kaschmire aux confins
de la Chine il n'est point de monarque qui ne lui paye un tribut
d'admiration et de respect : dans les banquets il égale le firmament en splendeur; au milieu des combats c'est un lion terrible...
Sa main ne s'étend jamais que pour soulager l'indigence : son cœur
est aussi bienfaisant que le Nil, quand ce fleuve innonde et fer-
tilise les campagnes de l'Egypte...

Voici comment il s'exprime ensuite dans la
Hedjouia ou satire qu'il lança contre lui lorsqu'il
s'en vit traité avec une lésinerie indigne de la
majesté royale :

« ...... Telle est la générosité de ce chétif monarqae? Publiez ses
louanges et demandez lui le prix de vos veilles ? La créature la plus
vile est préférable à ce prince qui n'a ni mœurs, ni bon sens, ni religion;
il est dépourvu d'intelligence puisque son cœur repousse la libéralité ;
mais que doit-on attendre du fils d'un esclave quoiqu'il possède un
trône (a)?... Plantez dans les jardins célestes un arbre dont le fruit soit

---

(a) Sultan Mahmoud l'était en effet.

amer, arrosez-le avec l'eau du fleuve de l'éternité, enduisez ses racines du miel le plus pur, il ne produira jamais rien qui vaille... Enlevez un hibou de son nid obscur, placez-le dans un bosquet agréable ; qu'il repose toute la nuit sur des couches de fleurs, lorsque le soleil paraîtra vous le verrez s'envoler pour retourner à sa première demeure : faut-il donc s'étonner si un mauvais caráctère ne change pas de nature ?... O roi! si tu avais connu la noblesse des procédés, en me traitant avec moins d'injustice, ta gloire ne se fût point souillée !...

Écoutons maintenant les sages conseils qu'il met dans la bouche de l'un des héros de son poème :

« Ne sèmes point la graine du mal, parce que tu n'en recueilleras que le fruit du repentir ; apprends à jouir en sage des faveurs de la fortune ; si tu en abuses, elles passeront sur la tête d'un autre... Regretter ce que tu as perdu c'est une folie ; tâches seulement de profiter de ce qui te reste... Il faut des années pour acquérir un seul ami ; quelques minutes suffisent pour s'altérer mille inimitiés..... Sois juste et sincère dans tes propos, droit et loyal dans ta conduite... C'est être libre que de ne rien ambitionner ; le cœur forme-t-il des souhaits? Dès-lors on devient l'esclave de la chose désirée... On ne doit pas chercher à se venger de son ennemi s'il est puissant, c'est imprudence ; s'il est malheureux c'est bassesse et cruauté... Les paroles ne sont pas l'indice du talent ; il faut des faits pour le signaler, certes les plus longs discours n'ont jamais valu une demi action... »

FOUI.

Fouî (Ismaêl-il-) poète arabe du septième siècle
de l'hégire natif d'une bourgade des environs
d'Alep, d'où lui vient le surnom qu'il porte. Ses
Qassidés se lisent avec d'autant plus de plaisir que
le brillant de l'expression s'y trouve presque toujours joint à la délicatesse des pensées. Nous cite-
rons le morceau suivant pour preuve de notre as-
sertion.

« Le *Kohl* (29) de la nuit commence à se fondre dans les
yeux du jour; déjà les perles liquides qui tombent de ceux de
l'aimable aurore étincellent et glissent sur les feuilles de la rose
en lui imprimant le premier sourire de l'épanouissement. Échanson!
hate-toi de reprendre l'exercice de tes fonctions; profitons du moment où le destin qui se joue toujours de nos projets semble
lui même sommeiller au sein de la nature encore assoupie!... Ah!
comme le nectar et le cristal réjouissent ma vue! ils brillent d'un
même éclat, et leur transparence est telle, qu'on ne saurait dire
le quel des deux contient l'autre ».

GERMANOS-FERHADE.

Germanos-Ferhade (Mutran), né de parens maronites à Alep, en 1665, mort dans la même ville à l'âge de 67 ans. Il reçut les ordres en 1694 au Mont-Liban, et fut quelques tems après promu à l'évêché de sa patrie sous les auspices de Yâqoub-Awad, patriarche d'Antioche. Il avait étudié la grammaire et la rhétorique arabe sous un scheikh célèbre, nommé Suleiman-el-Nahawi, d'Alep; et outre sa langue naturelle, il parlait encore le syriaque, l'hébreu et l'italien. Ses principaux ouvrages sont : 1. un recueil de poésies sacrées; 2. un dictionnaire portatif de la langue arabe; 3. une histoire abrégée de toutes les sectes religieuses intitulée *Diwan-el-Budâ;* 4. un traité sur l'éloquence et la versification arabe; 5. une collection nombreuse d'opuscules de piété sur différens sujets. Les poésies de Mutran-Germanos ont été vivement censurées par quelques critiques, qui les mettent bien au-dessous de celles du *Khouri-Nikola-Sayegh.* Le premier, disent-ils, a beaucoup de facilité à écrire en vers et en prose; mais son style est en général peu correct et amplifié par des idées et des expressions étrangères qu'il a dérobées aux meilleurs poètes arabes pour couvrir la médiocrité des siennes. Quant au second, observant les mêmes critiques, il a su, par sa touche ingénieuse, noble et fleurie, se concilier le suffrage de ses contemporains, et léguer à la postérité, la gloire des talens et des vertus. Mais revenons à Mutran-Germanos dont les productions quoiqu'injustement critiquées n'en dénotent pas moins un esprit nourri de bonnes études et formé par la réflexion, du sentiment, de la chaleur et de l'énergie. Nous nous contenterons de rapporter ici la première ode de son *Diwan*, intitulée *la naissance du Messie* :

« Oïnt adorable! les Messies ne sauraient t'égaler, parceque les cieux et la terre sont l'ouvrage de tes mains. Le trône de l'Éternel se glorifie en toi; il tressaille d'allégresse et brille d'une lumière intarissable!... La terre s'enorgueillit de t'avoir porté! le Ciel avant elle, avait été exalté... Le verbe de Dieu se montre sous une forme humaine fils d'une vierge, son ayeul est Jessé... Non il n'est point issu d'Adam; mais une mère pure et toute céleste l'a enfanté. Il fait reluire la vérité aux yeux de l'univers par des signes éclatants et miraculeux: avant sa venue, les prophètes l'avaient tour-à-tour annoncé aux nations; et rien ne s'est passé sous le règne des apôtres, qui n'ait été marqué par ces hommes remplis de l'Esprit de Dieu! — Le Messie nous révèle ce que les prophètes nous ont tenu caché; en lui s'accomplissent tous les mystères. Il réalise les espérances des siècles passés...L'univers a retenti de cris de joie! c'est un Dieu qui apparait ici bas, le règne de la gloire est arrivé. Tout-à-coup le feu sacré des nuages s'éteint Un souffle puissant et destructeur réduit en poudre les simulacres profanes du paganisme; au point du jour ces trompeuses idoles, objets d'un culte insensé, éprouvent les premières atteintes de la subversion; au soir, elles n'existent plus! — Seigneur j'ai élevé humblement mes regards vers toi, et mon âme a joui d'une douce sécurité du moment qu'elle a espéré en ta miséricorde! je me suis accusé de mes iniquités en ta présence; cet acte de contrition a fortifié en moi ton amour. Un torrent de larmes a coulé de mes yeux; serait-ce un remède efficace que je trouve dans le mal même qui m'accable? L'ennemi de mon repos veut détruire la multitude de mes espérances. Ah! daignes calmer mes agitations et mes craintes! et guides moi dans le droit chemin, ô directeur éternel et bienfaisant, en qui résident la droiture et le salut!... Quelle est cette épouse divine, fille d'Ève qui s'avance majestueusement au-dessus de l'empyrée? C'est Marie, vierge auguste; devenue mère nourricière dans son ineffable virginité! elle resplendit de gloire; la terre et les cieux s'humilient devant elle... Salut à toi océan de lumière et de perfection, dépositaire du secret de la divinité, secret impénétrable que les savans de tous les siècles se sont efforcé en vain de comprendre! salut à toi, pacte suprême de paix et de rémunération scellé du cachet de l'Eternel!... Salut! que des hommages purs d'admiration et de respect te soient incessamment offerts tant que les feux du firmament brilleront à travers le crêpe ténébreux de la nuit! »

GHALEB.

Ghaleb (Abou) célèbre pharmacien arabe, con-temporain d'Abou-Cina (Avicenne) se distingua dans cet art sur lequel il a laissé plusieurs ouvrages. Obligé de s'enfuir à Ispahan pour échapper à la haine de ses ennemis, il eut le bonheur de gagner l'estime du prince Ala-el-Daoulé qui lui fit l'accueil dû à son mérite. C'est près de ce souverain qu'il écrivit la majeure partie de ses ou-vrages, parmi lesquels on cite un recueil de poésies estimées. On distingue aussi son livre intitulé *El-Chafât* (la santé) et celui qui porte le nom d'*El-Nadjat* (le salut, la délivrance). Ghaleb mourut à l'âge de 58 ans, l'an 428 de l'hégire.

GHANI.

Ghani (Abd-il) issu d'une des plus nobles familles de Tourschische dans le Khoraçan ; il réunissait toutes les qualités qui constituent l'homme estimable et le poète ingénieux et fécond ; il mourut à la fleur de son âge. Ses poésies ne sauraient plaire à tous les lecteurs parce qu'elles abondent en images et en expressions qui blessent la délicatesse de notre langue. Par exemple dans un quatrain que Hadj-Lotfali-Beg lui attribue, l'auteur se fait passer pour un *misérable chien qui ronge des os durs à la porte de sa maîtresse.* Cette comparaison nous choque assurément, néanmoins elle n'a rien de bas et de ridicule dans l'idiôme persan. C'est l'attachement sans bornes du chien envers ses maîtres, sa patience et sa soumission que les poètes persans aiment à s'approprier aux yeux de leurs belles. D'ailleurs les plus célèbres écrivains de l'antiquité n'ont-ils pas souvent employé des métaphores encore plus extraordinaires ? Nous signalerons entr'autres Homère, ce génie

brillant et sublime qui en nous représentant un
de ses héros assailli par une multitude d'ennemis
acharnés et forcé de leur abandonner le champ
de bataille, le compare à un âne que des enfans poursuivent tumultueusement dans un pré,
et qui broute toujours l'herbe en se retirant.
En revenant au chien, nous ferons encore observer qu'il a été de tout tems et chez tous les
peuples généralement affectionné ; quels éloges
n'a-t-on pas fait de sa fidélité, et combien d'exem-
ples frappans n'en cite-t-on pas? On sait d'ailleurs que les anciens dûrent lui assigner une
place dans le ciel à l'occasion de la mort d'Icare :
les Musulmans eux-mêmes qui le regardent comme
un animal impur ne laissent pas d'apprécier ses
excellentes qualités, et nous ne devons pas omettre
de rappeler ici qu'il est un de ceux à qui Mahomet
a accordé les douceurs de la béatification (a).

(a) Les animaux béatifiés par le législateur arabe sont : 1° Son propre dromadaire ;
2° La chamelle du prophète *Salehh* ; 3° L'âne d'*Issa* ou Jésus-Christ ; 4° Le bélier
d'*Ismaël* ; 5° La vache de *Moussa* (Moïse) ; 6° La baleine de *Younas* (Jonas) ; 7° La
huppe de *Bolqis* reine de *Saba ;* 8° Le chien des *Ashhab-el-Kehf* (les sept frères dormans).

GHAZI.

Ghazi (Ibrahim-Abou-Eshaq-il) poète arabe né à Ghaza, ville de Palestine, d'où il a reçu ce surnom. On trouve dans ses *Qassidés* un heureuse facilité, du goût et des peintures charmantes; en voici une qui plaira sans doute :

« J'entends au milieu des ténèbres la voix de ma divine amante : je vole à elle les bras tendus pour la presser sur mon sein; mais la cruelle s'échappe et me laisse enveloppé dans les longs replis de son voile parfumé dont elle s'est adroitement débarrassée ! au même instant son riche collier vient à se rompre, et les perles en roulent dispersées sur le parquet : soudain elle se met à rire, et s'empresse de les ramasser à la lueur que répandent celles qui ornent sa bouche enchanteresse !... »

GHEFOURI.

Ghefouri (Ahmed) né à Kazwin. On lui doit une anthologie persane avec de courtes notices sur les poètes dont elle renferme les productions choisies :

« Si au bout d'une longue attente (dit-il dans une des siennes, en parlant de sa belle) cette fantasque et dédaigneuse beauté vient s'asseoir quelques instants près de moi, je n'ose lever les yeux sur elle de peur qu'importunée par mon regard, elle ne me quitte brusquement. »

C'est en ces termes que Ghefouri a célébré son cheval :

« Ce coursier, dit-il, est si fringant que l'on dirait, que le vif argent coule dans ses veines. A la vue de ses formes élégantes et sveltes, l'Antilope confuse baisse modestement les yeux ; le belliqueux léopard voudrait échanger contre ses sabots les griffes redoutables dont il est armé ; semblable à la terre, toujours en équilibre dans ses mouvemens ; non moins rapide que l'eau d'un torrent débordé, il égale le feu en ardeur, et le vent en légèreté. Son front ombragé d'une touffe que l'aurore semble avoir pris plai-

sir à peigner de sa main délicate, est le siége de la fierté : l'audace brille comme l'éclair dans son regard : ses naseaux sont
enflammés : il a le courage du lion , la docilité du chien et la
force de l'éléphant. »

HATEF.

atef. Hadj-Lotfali-Beg dit en parlant de ce poète qu'il possédait la langue arabe aussi parfaitement que la persane, et qu'on doit le regarder comme le troisième *Aâscha* de l'Arabistan et le deuxième *Anwéri* de l'Iran. Hatef dont le véritable nom est *Ahmed* naquit à Isphahan, mais il passa presque toute sa vie à Chiraz, qui était devenue de son tems la capitale de l'empire, et le centre des lumières et du bon goût. Il fut lié avec tous les écrivains illustres du règne de *Kerim-Khan*, et eut part à l'estime et aux libéralités de ce prince dont la mémoire sera toujours chère aux peuples de la Perse. Les productions de ce poète agréable ont été recueillies en un volume in-4° où l'on trouve à chaque page l'empreinte d'un génie riche, fécond, élégant et heureux. Il mourut l'an 1185 de l'hégire. L'épitre suivante adressée au même Hadj-Lotfali-Beg surnommé *Azer*, en est un extrait :

« Un vent doux et agréable a épanoui mon cœur oppressé. J'ai
cru respirer l'haleine suave d'une belle adolescente; aussi vivifiant
que le souffle du Messie, il exhale l'odeur du musc broyé et produit sur les sens le même effet que le nectar : le parfum de l'a-
mitié et les délices de l'amour l'accompagnent; mon âme s'est
enivrée de son ambre... Quel est donc ce vent délectable? Serait-
ce le zéphyr ' printanier, cet hôte charmant qui a pour lit des
tapis de verdure, et pour amante la rose purpurine? Mais, que
dis-je! un pareil vent ne saurait venir de la prairie voisine. C'est
peut-être l'arôme des célestes vergers qui se propage ici-bas, ou
l'odoriférante vapeur qui s'élève de la cassolette des chérubins, et
qui soulève le voile virginal des *houris*. Il a en effet la fraîcheur
des eaux du Kewcer? Non non! c'est le zéphyr indigène du jardin
de la bienveillance d'un ami complaisant et sincère; né sous l'é-
toile la plus favorable, et doué d'un caractère noble et généreux!
Ami que j'affectionne autant que je révère, toi cher *Azer* qui es
le flambeau des cœurs sensibles et honnêtes, le guide des parti-
sans de la vérité, reçois ici le tribut de ma reconnaissance et de mon
inviolable attachement! L'océan de ta sagesse abonde en perles
précieuses; des milliers d'astres éclatans circulent, comme autant
de soleils dans la sphère de ton mérite; tu es le pôle de toutes
les vertus, la source de tous les honneurs, l'oracle des gens à
talens, la couronne des grands hommes, l'égide de tes doctes
confrères. L'or n'a point d'attraits pour toi; ta main généreuse le
distribue avec profusion. De tous ceux que le besoin réunit à ta
porte, l'anneau qui y pend, est le seul qui n'ait point part à tes
largesses... Tu as su opposer aux *Jadjoudjes* (31) des passions une
barrière aussi formidable que celle d'*Iskander*. L'étoile propice de
laquelle émanent les brillantes destinées des heureux mortels, s'incline vers ta demeure pour y puiser sa bénigne influence. La nature
en travail voudrait produire un autre toi-même, un second *Azer;*
inutiles efforts! tu es son chef-d'œuvre, et le monde ne verra
jamais ton égal. Tu n'as pas plus de peine à résoudre les ques-
tions épineuses qu'on soumet à ta profonde sagacité que n'en eut
le saint Prophète à partager de son doigt miraculeux, en deux
portions égales, l'astre rayonnant des nuits. Le glaive de ta parole,
quand tu l'employes à confondre et à réprimer le mensonge, est

aussi foudroyant que celui qui armait le bras vengeur de *Heydar* (32)
toujours prêt à frapper l'impie. Les êtres de la création ne sont
que des formes accidentelles ; tu es la véritable essence... Ta bouche
éloquente exhale les parfums les plus exquis : elle a la fraîcheur
de la fontaine de vie ; la palme du talent t'es dévolue ; ta plume
vigoureuse et sublime t'a assuré l'empire des lettres : tes admirables
productions surpassent tout ce que le pinceau chinois a enfanté de
plus beau et de plus étonnant. Les perles de ta versification sont
autant d'étoiles brillantes qui éclipsent celle de Vénus. L'amant
malheureux, égaré dans la vallée du désespoir, se ranime à ta
voix consolante, et marche d'un pas paisible vers la demeure de
celle qui a ravi son cœur... Cher et fidèle ami, jettes sur moi un
regard de bonté ; vois comme le cruel destin a courbé ma tête
sous le poids des peines et des soucis dont il m'accable ! Loin de
toi livré aux dégoûts continuels d'une sombre mélancolie, mon corps
se consume au milieu des plus ardens soupirs ; mon âme s'éteint
dans un torrent de larmes. Privé du flambeau de ta présence, le
jour n'a plus d'éclat pour moi ; mes yeux se couvrent d'un épais
nuage... Hélas ! aucun de mes souhaits n'a pu être exaucé ! S'il
m'en reste à former, ce n'est que pour te voir encore une fois
avant que la coupe de mon existence soit entièrement épuisée.
Viens mon cher *Azer*, viens rendre à mon âme attristée, son calme
et sa gaîté, viens pour narguer le sort implacable, rouvrir en
dépit de lui, la scène des plaisirs, recevoir mes nouveaux hommages et me faire goûter le charme de ta société ! Que je puisse
en t'abordant tous les jours sourire à ta vue, comme un rouge
bord éclatant ! Quoi ! m'abandonneras-tu plus longtems à la rigueur
de ma destinée ? La patrie te tend les bras ; l'amitié implore ta
compassion ; serais-tu insensible à leurs gémissemens ? Quel est
donc le désolant motif qui te retient sur une terre étrangère ?
Heureux le jour où réunis sous le même toit, à l'abri de tous
regards méchants, loin de ces chats-huans à face humaine, qui
ne peuvent soutenir l'éclat d'un paisible bonheur ; trois fois heureux
ce jour où nos cœurs l'un vers l'autre entraînés, toi assis à la
place d'honneur, moi debout et dans la position d'un esclave, nous
déclamerons tour-à-tour et avec enthousiasme et les odes de l'é-
légant *Azer* et les vers du tendre *Hatef* ! Mais hélas ! je n'ose me

livrer à cet espoir flatteur. Que d'autres mortels plus fortunés que moi, goûtent le plaisir de te posséder et de t'entendre! J'acheterais au prix de tout ce que j'ai de plus cher au monde, un si précieux avantage! Mais je sais que les arrêts du destin sont irrévocables et qu'on ne peut les éviter, je m'y soumets avec résignation... O mon digne ami, en t'adressant cette épitre, je ne me suis point proposé d'y décrire les éminentes qualités qui te distinguent; ma débile plume ne saurait atteindre à un si haut but, et puis quel besoin as-tu d'un panégyriste, toi qui est au-dessus de tout éloge? J'ai seulement voulu soulager mon cœur de la rouille du chagrin qui le ronge, et prouver à ces poètes subalternes qui se martellent souvent le cerveau pour en arracher quelques rimes stériles, que ma muse conserve sa première vigueur et qu'il ne me coûte rien de faire de beaux vers. Tu sais, cher ami, ce que les autres feignent d'ignorer, et cela me suffit. Mon imagination abonde en pensées ingénieuses, mais à qui dois-je les offrir? Peu de gens savent les apprécier. Ce sont de jeunes beautés que j'élève à l'ombre du mystère, et qu'il me répugne de livrer à des amans vulgaires et inconséquens!... Tant et aussi longtems qu'on verra la messagère inégale des nuits rapprochée ou éloignée du soleil, briller et s'éteindre alternativement dans le vague des airs, puissent les amis qui t'entourent, jouir d'un bonheur pur et inaltérable, alors même que tes obscurs rivaux dépériront de chagrin et de misère; et puisses-tu toi-même, assisté de la grâce divine, couler des jours tranquilles au sein de la prospérité et des plaisirs!... »

HHADJALÉ.

Hhadjalé (Ebn-Abi), natif de Tlemssen en Afrique, mort en 776 de l'hégire, à l'âge de 56 ans;

est auteur du *Diwan-il-Ssababé*, recueil en prose et en vers, contenant tout ce qui a été écrit de plus intéressant sur les plaisirs et les peines des amans, leurs déclarations, leurs sermens, leurs complaintes, leurs rendez-vous, leur correspondance, leurs ruses, etc. etc. On a encore de cet écrivain un opuscule dans lequel il s'est attaché à réfuter quelques-uns des principes d'Ebn-el-Faredh sur la philosophie mystique des Ssoufis.

HHADJAH.

Hhadjah (Ebn) Taghi - Eddin *Aboubakr-el-Hamaoui*, poète arabe natif de Hamah en Syrie. Il est auteur d'un poème fort estimé qui a pour titre *Badieh* (choses nouvelles) et d'un intéressant ouvrage intitulé *les fruits et les feuilles*, recueil de poésies à la louange de plusieurs princes de Syrie et d'Égypte. Mort au Caire l'an 837 de l'hégire.

HHADJEB.

Hhadjeb (Ebn) *Djemal-Eddin* nommé aussi *el-Takhtazani*, poète et grammairien arabe qui par la pureté et l'élégance de son style acquit une grande réputation. On a de lui : 1. Une grammaire arabe publiée à Rome en 1592 ; 2. Un poème précieux intitulé *de l'art poétique*, en 200 vers; 3. Un poème sur *Dieu et ses attributs* ; 4. *Abrégé des décrets ;* 5. Une histoire des *Khalifes omniades*. Il mourut à Alexandrie l'an 646 de l'hégire , âgé de 78 ans.

HHAFEZH.

Hhafezh (*a*) (Schemss-Eddin-Muhammed) fameux poète lyrique de Chiraz que l'on peut appeler l'A-

(*a*) Surnom arabe qui signifie un homme doué d'une grande mémoire, qui a beaucoup d'instruction.

nacréon persan; il florissait sous le règne de
Schah-Schedjâ 2ᵉ sultan de la dynastie des Mozha-
fériens. Il appartenait au corps des *Ssoufis* : aussi
ses *Ghazèls* qui passent pour de vrais modèles
d'éloquence et de versification sont-elles pleines
d'allusions à la doctrine de cette secte , dont il
fut un des plus illustres défenseurs. De là le
double sens naturel et allégorique qu'elles présentent; de là encore l'espèce de vénération qu'ont
pour leur recueil les gens superstitieux qui en tirent des présages et des règles de conduite ap-
plicables aux diverses circonstances de la vie.
Pour nous qui faisons nos délices de la lecture de
ces petits chefs-d'œuvre de poésie , nous n'y trou-
vons que les effusions d'un cœur tendre et passionné mêlées aux préceptes de la morale la plus
pure. L'auteur dédaigna les faveurs des grands , et
mourut pauvre *derwiche* vers l'an 794 de l'hégire,
dans sa ville natale, aux portes de laquelle on
voit encore son tombeau.

Dewlat-Schah qui a écrit sa vie, raconte de lui
le trait suivant : lorsque le fier *Teymur-Leng* entra
en vainqueur à Chiraz, il se le fit amener , et
lui dit d'un ton menaçant : « J'ai dépeuplé une
» multitude de villes et de provinces, pour aug-
» menter la gloire et les richesses de *Samarkand*

» et de *Bokhara*, qui sont les siéges de mon empire,
» et cependant toi qui n'es qu'un misérable, tu
» prétends donner ces deux superbes capitales pour
» le prix d'une tache noire qui relève les attraits
» de ta belle. » (En effet, le poète avait dit cela
dans une de ses ôdes). Hhafezh, sans se déconcerter, lui répondit : « Hélas, seigneur ! c'est à
» cette excessive et folle prodigalité que je dois la
» pauvreté où vous me voyez réduit aujourd'hui! »
La répartie plut si fort au conquérant tartare,
que, loin de lui nuire, il le traita avec humanité
et distinction. A cette courte notice sur le cygne
de Chiraz nous allons ajouter quelques morceaux
extraits au hasard de son *Diwan* qui est entre les
mains de tout le monde :

I.

« Le sein paré de fleurs, un rouge bord à la main, une
amante qui se rend à mes desirs : quel sort heureux que le mien!
le plus grand monarque du monde est aujour-d'hui mon esclave!
Dis que l'on n'apporte pas ce soir des flambeaux à notre banquet;
les joues de ma belle qui brillent comme la lune dans son plein,
nous en tiendront lieu. Qu'avons nous besoin de parfums, puisque
ses cheveux répandent une si délicieuse odeur? pourquoi me parler de sucre, quand je n'aspire qu'à la douceur de ses lèvres ?
tant que mon cœur révèlera le trésor de mon amour, le dernier
recoin de la taverne me servira d'asile. Mon oreille est attentive
aux sons mélodieux de la flûte et de la harpe; je n'ai des yeux
que pour contempler le rubis de sa bouche et suivre le mouvement circulaire des coupes... Notre religion a légitimé l'usage du

vin; mais elle ne nous permet pas d'en boire loin de celle dont
les regards sont pleins d'ivresse...Dispensez-vous d'aller me dénon-
cer au magistrat, car comme moi il est adonné à la débauche!..
Hhafezh! que ta coupe ne désemplisse pas un seul instant! redou-
bles de constance et d'assiduité auprès de ta maîtresse : c'est la
saison des roses et des jasmins; c'est la fête qui précède le
tems de la pénitence et du jeûne. »

II.

« L'astre des nuits semble emprunter son éclat de ton éblouissant
visage (a); la renommée des belles a sa source dans la fossette
de ton menton...Mon âme prête à s'envoler soupire sans cesse
après ta présence chérie; elle attend languissante sur mes lèvres
que tu décides de son sort; doit-elle reprendre ses chaînes ou les
briser tout-à-fait? qu'ordonnes-tu?...Sous l'empire de ton regard
vainqueur, nul mortel n'a joui d'un instant de calme et de sécurité;
qu'ils se taisent ceux qui prétendent être insensibles à tes charmes;
leurs transports amoureux ne les trahissent que trop!...Envoyes-moi
par le zéphyr matinal une rose de ta joue : en m'enivrant de son
parfum peut-être me rapellera-t-elle à la vie! le destin se re-
veillera-t-il pour moi, aujourd'hui que la source de mes larmes ne
saurait plus tarir?...Mon cœur se consume; ô mes amis appelez
celle qui l'a embrasé d'un feu inextinguible! dites lui, quand elle
daignera venir vers moi, de retrousser sa longue robe, car le chemin est inondé du sang des malheureuses victimes de ses rigueurs...Puisses-tu , ô Échanson , couler de longues années au sein de
la félicité, quoique tu ne m'ayes pas jusqu'à présent versé le nectar
à plein bord!... »

III.

« L'aurore commence à briller, Échanson! remplis les coupes du

(a) Cette ode qui est la deuxième du recueil de l'auteur, pèche essentiellement par l'incohérence des pensées, et l'entortillement du style; c'est pourquoi nous nous sommes
bornés à n'en offrir qu'un simple fragment.

vin le plus pur : hélas ! la grande roue du firmament ne tourne pas toujours au gré de nos désirs ! hâtes-toi de combler mes vœux... Profitons d'un moment favorable avant que le monde ne soit bouleversé, abreuves-moi d'abondantes rasades. Au jour où de ma cendre on façonnera des vases pour consommer cette précieuse liqueur, n'oublies pas d'en verser dans mon crâne aux amis qui m'auront survécu... L'astre du nectar resplendit sur le bord des tasses : sors de ta déplorable apathie, et viens goûter à notre table de doux et innocens plaisirs...Je ne suis pas de ces hommes scrupuleux qui font pénitence et se livrent aux pratiques d'une dévotion stérile : Hhafezh ! la vraie sagesse consiste à rendre un culte perpétuel à la vigne féconde : »

IV.

« Voyez-vous ces ardens prédicateurs qui se livrent aux plus saints transports ? eh bien ! en rentrant chez eux ils font tout l'opposé de ce qu'on les entend enseigner publiquement ! Voici une question qui est difficile à résoudre ; proposez-la au plus sage de notre société : pourquoi ceux qui nous exhortent à la pénitence ne changent-ils pas eux mêmes de vie ? on dirait qu'ils ne croyent pas au jour du jugement tant ils abusent de la miséricorde du juge suprême. — Je suis l'esclave du vénérable directeur des Derwiches, de ces hommes, libres et exempts de besoin, qui méprisent les richesses du monde au point de recouvrir de terre les trésors qu'un heureux hasard décèle à leurs yeux. Pauvre voyageur arrêtes-toi dans leur humble et paisible retraite ; ils te donneront à boire d'un vin qui fortifiera ton cœur et éclairera ta raison ! hélas ! jusqu'à quand dans cette foire composée de marchands ineptes confondra-t-on le grain de verre avec la perle fine ?...Ange tutélaire toi qui présides aux sublimes concerts de l'Empyrée, viens entonner des hymnes solennels à la porte de la taverne ! car c'est ici que l'argile a été pétrie avec le nectar le plus pur...Plus ce chef-d'œuvre se plaît à répandre le sang de ses adorateurs, et plus on voit ceux-ci accourir de toutes parts pour expirer d'amour à ses pieds...A l'aube du jour, des chants harmonieux ont retenti au haut du firmament : on eût dit que c'étaient les intelligences célestes qui répétaient en cœur les vers élégans de Hhafezh ».

V.

« O que l'édifice de l'espérance est mal assis, faible dans les fondemens! Amis apportez-moi du vin; car la vie passe comme un souffle. J'admire celui qui sous le dôme azuré du firmament sait s'affranchir du lien des affections terrestres? Que te dirai-je des grandes et sublimes vérités qui me furent révélées hier au soir, dans la taverne? J'y respirais à peine, ivre et comme anéanti par le délire de mes sens, lorsqu'une voix inconnue retentissant tout-à-coup à mon oreille, me fit distinctement entendre ces paroles divines : « Auguste et loyal faucon dont l'aire devrait couronner l'immortel *Ssidra* (34), es-tu donc fait pour habiter perpétuellement ce coin de misère et d'affliction? On t'appelle des créneaux célestes; on te crie : que cherches-tu, qui te retient dans un lieu si plein d'embûches?... Ah! saches te contenter de ce qui t'est échu en partage et dérides ton front soucieux. La porte de la volonté n'est ouverte pour personne! Prends garde de compter sur les faveurs de la fortune, car elle est la veuve éphémère de mille autres comme toi, tous trahis et abandonnés tour-à-tour! Point de permanence hélas! dans le sourire de la rose! Pauvre rossignol donnes un libre cours à tes gémissemens! C'est bien le cas de te désoler!...» Retirez-vous d'ici; allez, et ne blâmez pas ceux qui boivent jusqu'à la lie : ils subissent en cela l'arrêt irrévocable du destin!... Pourquoi, rimeur subalterne et jaloux, pourquoi envier le talent poétique de Hhafezh? Ne vois-tu pas que c'est un don spécial de la bonté divine?..

VI.

« Échanson! remplis les coupes et fais-les circuler dans nos rangs, car l'amour qui s'était d'abord montré à nous sous l'aspect le plus séduisant a fini par nous susciter des peines sans nombre! Voyez quel trouble s'est emparé de nos cœurs, comme ils saignent depuis qu'une tresse flottante agitée par le souffle du zéphyr a exhalée les plus doux parfums (a)... Colorez vos tapis en les trempant dans le jus de la treille, si le vieux mage vous le prescrit ; car un guide aussi éclairé que lui ne saurait méconnaître les diverses routes qui conduisent au gîte désiré (b)... Point de jouissance, nulle consolation pour moi dans les lieux où s'arrête ma belle, puisqu'à chaque instant les sonnettes me donnent à grand bruit le signal du départ (c). Toutes mes entreprises ont échoué par suite de la présomption que j'y ai apportée : dois-je dissimuler ma honte? Et quel secret que celui qui fait le sujet de toutes les conversations!... Enveloppé des voiles d'une nuit obscure, effrayé du mugissement des vagues soulevées, entraîné par les courans vers un gouffre épouvantable, comment les paisibles habitans du rivage pourraient-ils concevoir l'horreur de ma situation (d)? Hhafezh ne quitte plus celle dont tu pleurais l'absence : quand on a retrouvé l'objet de sa tendresse on dit pour toujours adieu au monde et à ses plaisirs! » (e)

Si les morceaux que l'on vient de lire ne peuvent donner qu'une idée très imparfaite du mérite éminent des *Ghazéls d'Hhafezh*, ils mettront au moins le lecteur à même d'en apprécier la variété. Aussi y aura-t-il démêlé peut-être avec

(a) Les cœurs qui saignent sont supposés en extase pour avoir respiré le parfum de la dévotion représentée dans le langage mystique par une *tresse flottante*. Le *zéphyr* y désigne la grâce.

(b) Par le tapis on doit entendre celui que les *Ssoufis* étendent sous eux quand ils se mettent en prière. Le *vin* fait allusion à l'amour de Dieu qui enivre l'âme et la dispose aux plus douces jouissances. Le *vieux mage* signifie le directeur spirituel qui forme les jeunes novices aux exercices de la religion. Quant au *gîte désiré* on conçoit que ce n'est autre chose que le repos éternel.

(c) Les sonnettes dont il s'agit dans ce passage sont celles qui pendent ou qui servent d'ornemens au cou des mulets et des chamaux chargés du bagage des caravanes. — L'homme est un voyageur sur la terre, où au milieu des vicissitudes attachées à son existence, il doit à chaque instant s'attendre à quitter ce séjour de misères et d'afflictions pour aller habiter celui de l'éternité. C'est cette grande vérité que Hhafezh a voulu exprimer ici.

(d) Le poète veut parler des transports de l'amour divin dont il est embrasé et que les profanes ne sauraient jamais comprendre au milieu de leur déplorable indolence.

(e) Ce dernier passage n'a pas besoin d'explication.

plaisir, quelques uns des traits qui caractérisent chez nous l'ôde galante, la plaintive élégie, la chanson bachique, la satire ingénieuse et l'épitre morale.

Le Diwan de Hhafezh (a) qui renferme 571 odes ou ghazèls a été publié à Calcutta, 1791, un vol. in-f° en persan. Un grand nombre de ces ôdes ont été traduites par divers orientalistes, d'Herbelot, Rewuski, Johns, etc. etc.

HHALÉTI.

Hhaléti (b) (Qâçem-Beg) de la tribu des Turkmans de la Perse, poète ingénieux et agréable qui florissait à Téhran sous le règne de Schah-Ismaël-Sséféwi. Il est auteur d'un *Diwan* d'où nous tirons le morceau suivant :

(a) Le rédacteur du Diwan de Hhafezh s'exprime ainsi dans sa préface : « Notre » maître Hhafezh n'a pas mis lui-même son *Diwan* en ordre à cause de la multiplicité de » ses occupations qni consistaient à faire l'extrait du *Kechaf* (commentaire du Qoran » par *El-Zamakhchéri*) et de son explication, et à apprendre l'un et l'autre. — Ce Diwan » fut rédigé après lui par les soins de *Qouam-Eddin-Abdallah;* il est très connu et usité » parmi les persans, qui s'en servent aussi pour y prendre des présages. Il arrive quelque- » fois que ses vers correspondent parfaitement à l'objet sur lequel on les consulte; c'est » pourquoi on nomme ce recueil de poésies *Lessan-el-Ghaieb* (langue mystérieuse). »

Hadj-Kkalfa, bibliographe arabe.

(b) Surnom qui signifie un homme en extase.

« Je ne te demande pas, beauté cruelle, l'exécution de tes
sermens! laisses moi seulement l'erreur de l'attente! pourquoi vouloir combler la mesure de mes peines en m'ôtant jusqu'à l'espoir
de t'y rendre un jour sensible? je sais que tu as mal à l'oreille:
aurait-elle été blessée par les flèches de mes soupirs? »

HHAQ.

Hhaq (Abd-el), né à Esterabad dans le Mazenderan : sa muse élégante et badine ne s'est exercée
que sur des sujets agréables et frivoles; un soi-
disant docteur originaire du Djordjan homme plein
de vanité et de prétentions ridicules ayant fait
présent d'un âne au *Ssadr-Cheriâ* (33) pour obtenir une place dans la magistrature, Abd-el-Hhaq
lança cette épigramme contre lui :

« Certain original du *Djordjan*, intriguait beaucoup pour se faire
nommer Qadhi, mais le *Ssadr-Chariâ* mettait obstacle à ses vœux;
il s'avisa enfin d'offrir un âne au pontife et fut tout de suite ins-
tallé dans l'emploi qu'il sollicitait, de manière que sans cet âne
nous n'aurions pas eu de juge! »

HADJ-LOTFALI-BEG.

Hadj-Lotfali-Beg, auteur de l'*Ateschkédé* ou abrégé des poètes anciens et modernes de l'Iran, du Touran et de l'Inde depuis l'époque où ils ont commencé à fleurir dans ces trois empires jusqu'au règne de Kerim-Khan (1770 de notre ère), avec une notice succincte, et des extraits de leurs plus belles productions. Ce recueil qui passe pour le plus intéressant et le plus complet de tous ceux que l'on connaît sous le nom de *Tezkeret-ıl-Choâra* (histoire des poètes) est terminé par quelques pièces choisies de l'auteur même, que les muses persanes comptent au nombre de leurs favoris les plus distingués.

Il n'est peut-être pas inutile de donner ici la liste des auteurs qui ont écrit l'histoire des poètes orientaux :

1° El-Imam-el-Ghazi, sur les poètes persans et arabes, en 812 ;

2° Sehi-el-Edrinewi, *id.* persans et turcs, en 955 ;

3° Ahmed–ben–Schamssi, *id.* en 971 ;

4° Muhammed–ben–Ali surnommé Achik–Tchélébi, *id.*, en 979 ;

5° Tasfi-el-Casthamouni, persans et turcs, en 990 ;

6° Hassan-Tchélébi-ben-Amrallah, *id.*, en 1012 ;

7° Mustapha–Effendi, *id.*, en 1054 ;

8° Ghéfouri, persans ;

9° Baba-Schah, *id.* ;

10° Muhammed-el-Khaufi, *id.* ;

11° Mir-Ali-Schir, turcs.

HÉLALI.

Hélali prince Djakhatéen naquit à Estérabad où sa famille se trouvait depuis longtems établie, et s'appliqua de bonne heure à l'étude des belles-lettres et de la poésie persane et devint par la suite un des plus beaux génies de son siècle. Il fit plusieurs voyages à Hérat, à Bokhara et sur les frontières de l'Inde ; partout il fut accueilli avec distinction et signalé comme un prodige de talens agréables et solides. Abdallah-Khan roi des Uzbegs qui l'avait d'abord comblé de ses faveurs, finit par le mettre à mort en 939 de l'hégire pour

s'être aperçu qu'il suivait le rit des *Schias* (35).
L'on connaît de lui divers poëmes d'un goût exquis et pleins d'imagination, mais le genre dans
lequel il a le mieux réussi est le lyrique. Aussi a-t-
il une versification noble et harmonieuse, de la
finesse dans les pensées, du feu dans les expressions, et tout ce qui caractérise à la fois une muse
riche, tendre, et brillante : l'on trouve dans ses
odes dont nous donnons ici la traduction, la douce
volupté de Hhafezh jointe à l'élégante facilité de
Jami.

I.

« O toi dont le visage porte l'empreinte de la divine lumière :
souffres que mes regards s'y fixent un moment et que j'adore le
Créateur dans son ouvrage... L'haleine du zéphyr matinal associé
au parfum de tes grâces acquiert la vertu du Messie... Je t'ai
adressé des vœux et des supplications, tu m'as répondu d'une
manière dure et insultante, jamais! quoique les beautés du siècle
tombent en poudre devant tes charmes, c'est cependant dommage
à toi de les fouler de ton pied délicat... Je voulais, relégué dans
un lieu écarté, vivre désormais libre de tout souci, mais ta taille enchanteresse a tout-à-coup troublé mon repos... Lorsque ton précepteur
t'apprenait à lire aurait-il donc oublié de te faire épeler le mot de
constance? Serait-il étonnant que la belle de Hélali lui témoignât quelqu'intérêt? Eh! n'a-t-on pas vu des souveraines mêmes jeter un
regard de faveur sur de pauvres malheureux »

II.

« Dans le chemin de l'amour toutes les stations se trouvent inon-

dées par mes larmes. Quelles seront hélas les fleurs qu'on y verra
éclore! L'on devrait d'autant plus verser de larmes sur ma tombe
anticipée, creusée dans les avenues de la demeure de celle que
j'idolâtre, qu'il m'a fallu déserter les lieux fortunés où sont con-
centrés tous mes désirs... Je suis noyé dans le déluge de mes
pleurs. Dussé-je. vivre aussi longtems que *Nouhh* (Noé), il ne me
sera jamais permis d'aborder au rivage de mes souffrances....
Puisque cette dédaigneuse beauté penche pour mes rivaux, je ces-
serai de lui rendre des soins amoureux; pourquoi serais-je le
papillon d'un flambeau qui prodigue sa lumière aux autres? complaisant musicien! Hélali vient d'être admis au nombre des jeunes
convives que tu charmes par tes harmonieux accords; il est tems
que tu entonnes ces paroles. Aimable Échanson, fais circuler les
coupes et présentes les nous pleines d'un jus pétillant ».

III.

« Je passe les nuits dans les plus cruelles agitations : grand
Dieu! puissent les autres ne jamais éprouver pas même en songe
des angoisses pareilles aux miennes. Ah! trop inhumaine beauté
tu n'ouvres la bouche que pour prononcer contre moi des paroles
pleines d'aigreur et de dédain, et moi malheureux je continue à
te combler de bénédictions, comme si j'avais lieu de me féliciter
de tes duretés. Au nom de Dieu hâte-toi de diriger tes pas vers
la retraite de ton fidèle amant : le désespoir l'accable, il se consume au milieu des inutiles souhaits que forme son cœur... Le terme
de mon exil s'est prolongé. Les ténèbres du chagrin m'enveloppent :
j'ai besoin du soleil de la beauté; la faible lueur des planètes ne
saurait suppléer à son éclat... Le maître d'école donne probablement aujourd'hui des leçons d'amour, car j'entends d'ici les cris
plaintifs des jeunes élèves. Si les hommes livrés à l'étude des lois
canoniques pouvaient connaître les manières qui sont propres aux
nourissons de l'amour, certes on les verrait bientôt changer de
principes et adopter un tout autre genre de vie... Hélali avec une
taille ployée en demi cercle languit abandonné sur la poussière

que tu as foulée. On aurait peine à le distinguer de la trace que laisse dans le sable le fer arrondi du coursier ».

IV.

« Si devenu étranger au monde, j'ai pris du goût pour la solitude, c'est que mon nom reste ignoré, et que je ne connais personne. Il ne m'est pas donné de baiser les pieds de ma belle, mais j'ai au moins la satisfaction de pouvoir m'y répandre comme une humble poussière : mes larmes ont fertilisé le sol de son habitation, mais hélas ! je n'y ai vu croître que les fleurs du regret ! si de brûlans soupirs s'exhalent sans cesse de mon cœur oppressé, quel est celui qui voudra m'avoir pour compagnon ?..... Cruelle tu as arraché de ma main ta longue et superbe chevelure ! et pour que je ne puisse plus la ressaisir tu l'as raccourcie par cent nœuds élégants !... Déjà depuis long temps retenu par le destin loin de sa bien aimée, l'infortuné Hélali déplore son malheur, et gémit comme un oiseau captif dans sa cage ».

V.

« Non cruelle, je ne puis renoncer à l'espoir de te posséder, car ma fidélité et ma constance l'emportent sur tes rigueurs ! assez et trop long tems semblables aux nues printanières, mes yeux se sont fondus en larmes, mais hélas la prairie de mon attente, n'a jusqu'à présent produit aucune fleur ! quoique devenu un objet méprisable à tes yeux, mon état d'humiliation sera toujours préférable à la gloire des autres : puisse la poussière de ton seuil ne se jamais détacher de mon front parce qu'elle rend témoignage de l'humble soumission que je t'ai vouée... Quand au milieu des nuits silencieuses l'éperdu Hélali déplore sa triste destinée, le firmament lui-même s'attendrit et partage les maux qu'il endure ! »

VI.

« Ma belle ne blesse jamais le cœur de ceux qui sont étrangers aux délices de sa société! la rose qui est toute de feu brûle-t-elle les épines qui l'entourent? j'ai perdu tout repos, je ne puis plus me posséder. Je vais mettre mes vêtements en pièces. Jusqu'à-quand dois-je me contraindre et étouffer les sanglots de mon cœur oppressé?... Au nom de Dieu, généreux médecin, prends pitié de moi, et verses sur mes plaies quelques gouttes d'un baume salutaire... Loin de celle que j'adore, je n'ai pas encore perdu l'idée d'une douce réunion. Est-il de malade qui ne conserve l'espoir de guérir un jour?... Mes larmes ont répandu la fraîcheur et l'aménité dans le jardin de sa beauté. Les roses de son teint brillent maintenant d'un plus vif éclat... «Je veux connaître, m'a-t-elle dit, la situation de ton cœur; quelle qu'elle puisse être, dépeins-la moi;» mais comment m'y prendre! lui parlerai-je de mon peu de patience ou de l'excès de mes peines? Hélali brûle de revoir sa belle, mais il faut être éminemment heureux pour jouir de la présence de l'objet aimé.

VII.

« Pourquoi recéler plus longtems les feux qui me consument? Pourquoi faire un mystère de la plaie de mon cœur? La patience et le courage m'abandonnent, la douleur m'opprime... Déchirons le voile!,,. Prends le poignard, cruelle! oui, frappe et délivre-moi de cette longue agonie: regarderais-tu comme chose difficile ce qui t'est si aisé à faire? Comment se soustraire aux coups d'une beauté sacrilége et inhumaine qui à chaque instant fait couler le sang des musulmans?... Ah! que ces boucles flottantes cessent d'ombrager ta gorge d'albâtre. La source qui donne l'immortalité ne serait-elle pas plus agréable hors des ténèbres (a)? Mon âme demeure enchaînée dans tes longues tresses.....

(a) V. la note 8 pour l'explication de cette pensée.

Jusqu'à quand opérateur importun panseras-tu ma blessure? Va, emporte ton appareil et laisse-moi le trait qui m'a percé... O Hélali
me dit-on n'abandonne pas ton cœur aux charmes séducteurs de
cette cruelle beauté, écoute nos conseils, ou résous-toi à mourir!...»

VIII.

« Que suis-je, moi, pour vouloir imprimer un baiser sur ce beau
bras? heureux si je pouvais seulement me jeter à ses pieds! ah!
ce serait un crime que de permettre à des regards profanes de se
fixer sur son éblouissant visage! les miens ne devraient pas s'en
détacher; mais si ma prunelle est le siége de son visage, pourquoi la souillerais-je à chaque instant par des larmes de sang?
quel est le mortel qui en lui rendant hommage ne se voit livré
par le prestige de ses charmes aux transports les plus ardents?...
Hélali n'aspire qu'à entendre une parole consolante de sa bouche;
que ne veut-elle lui accorder cette faveur! »

IX.

« L'officier de police nous persécute; tantôt il jette du sel dans
les tonnes, tantôt il brise les flacons et les coupes; ne cesera-t-il
de troubler le repos de la taverne?... Partout où, au milieu des
nuits, j'ai fait le récit de mes chagrins l'on a vu tressaillir de
sensibilité les légères Phalènes... Le bruit de mes peines amoureuses circule dans toutes les sociétés : c'est pour moi un heureux
augure! peut-être qu'un rival officieux sans le vouloir en entre-
tiendra celle qui les a fait naître?... Il ne m'a pas suffi de me
rendre étranger à mes amis; j'ai été en chercher d'autres parmi
ceux qui m'étaient inconnus... O toi qui t'avises de sermoner l'é-
perdu Hélali, te serais-tu flatté de le rappeler à la raison? crois-
moi, n'insulte pas davantage un homme qui est dans le délire? »

HOSRI.

Hosri-Abou-Eshaq-ben-Ali, poète arabe bien connu par le Diwan de ses poésies, né à Cairouan (Afrique). On a de lui une philologie en prose et en vers intitulée *Fleurs des sciences et fruits des cœurs*, contenant des lettres, des préceptes de grammaire, de rhétorique et de poésie, des histoires agréables, des apologies, des bons mots et sentences, et d'élégantes descriptions. Il vivait au cinquième siècle de l'hégire.

JAMI-MOLLA.

Jami-Molla (Abd-el-Rrahman). Quelques auteurs font vivre Jami peu de tems après Hhafezh, d'autres veulent qu'il soit le contemporain de ce poète, mais ce qui est certain, c'est qu'il vivait au neuvième siècle de l'hégire, sous le règne du sultan Hussein-Beighara qui résidait alors à Tébriz, et il paraît qu'il était natif de quelque principale ville du Khoraçan, comme il le fait connaître lui-même dans plusieurs de ses odes, spécialement lorsqu'il dit dans l'une d'elles : « Pourquoi abandonner ô Jami! le délicieux séjour du Khoraçan. Infortuné! tu vas chercher la *Caâba* (a) désirée dans les contrées désertes du Hedjiaz tandis qu'elle se trouve dans le Turquestan ». Les faveurs du sultan Hussein l'arrachèrent cependant à sa patrie, et il vint à Tébriz où après plusieurs voyages dans les pays étrangers, il s'établit pour le reste de ses jours.

Ses parens avaient pris un soin particulier de son éducation ; et son esprit naturellement vif et

pénétrant ne tarda pas à se développer et à s'étendre à mesure qu'il fut nourri par l'étude et l'application. Ses premiers essais de poésie donnèrent de lui
de grandes espérances, et il soutint à l'âge de dix-
huit ans plusieurs thèses de philosophie qui furent
couronnées de succès et qui lui attirèrent l'admiration publique.

L'on raconte que se trouvant un jour dans une
enceinte où se tenaient ordinairement des cours de
philosophie, il vit une foule de personnes attroupées autour d'un docteur qui argumentait à haute
voix et d'un ton de maître : curieux d'apprendre ce
qu'il enseignait, il s'avance et prête une oreille attentive à ses discours bruyans ; mais quel est son
étonnement quand il l'entend débiter d'un ton im-
posant ces trois axiômes absurdes et également
contraires à la saine philosophie : 1. Que l'existence
actuelle de tout objet invisible ne saurait être
démontrée complètement; 2. Que deux corps ou
deux matières homogènes ne sauraient se nuire
réciproquement; 3. Que rien n'arrive, rien ne
s'opère dans le monde que par une nécessité absolue, ou mieux par la volonté de Dieu. Indigné
de ces maximes erronées, il imagina un expédient
ingénieux qui en les détruisant confondit en même
tems l'argumentateur. Il se saisit à cet effet d'une

grosse masse de terre durcie et en s'approchant du Ssoufi il la lui lança si fortement qu'il lui blessa la tête en plusieurs endroits et l'étendit à terre presque mort. Aussitôt les disciples et les amis du Ssoufi se rassemblent tumultueusement autour de lui et laissent échapper l'auteur de l'attentat; ils transportent le blessé sur un brancard jusqu'au palais où ils l'exposent aux yeux du roi en lui dépeignant l'action de l'audacieux Jami avec de si noires couleurs, qu'il l'envoit aussitôt chercher. Le jeune homme comparut courageusement devant le roi, et prenant aussitôt la parole : sire, s'écriat-il, avant de me condamner écoutez-moi et jugez de mon crime : qu'as-tu donc à me dire pour ta justification reprit le roi d'un ton courroucé? votre majesté saura d'abord, reprit-il, qu'en blessant la tête du Ssoufi je n'ai agi que machinalement et par l'impulsion de Dieu, car selon la doctrine qu'il enseigne lui-même l'homme n'est pas libre, et ses actions sont nécessitées par les décrets irrévocables du ciel; ainsi je n'ai été moi, qu'un simple instrument dont Dieu s'est servi pour maltraiter cet infortuné. En second lieu votre majesté ne doit pas être convaincue de la douleur qu'il dit ressentir à la tête, puisque d'après ses propres principes cette douleur qui n'est pas visible, et que les meilleurs yeux ne sauraient apercevoir, n'existe pas réellement, de sorte qu'il abuse de votre bonté s'il veut vous persuader du contraire. Enfin je me sers encore de ses propres armes pour le combattre, je veux dire de ses propres axiômes pour prouver d'une autre manière la fausseté de cette même douleur car si selon ce qu'il nous apprend, deux corps d'une même matière ne sauraient se nuire réciproquement, comment donc la masse de terre avec laquelle je lui ai porté le coup, a-t-elle pu lui faire mal, lui dont le principe est terre et qui doit retourner en terre? Le roi charmé de sa présence d'esprit et de ses réponses, le renvoya avec des présens et avertit le honteux et dépité docteur qu'il le ferait pendre si jamais il s'avisait de débiter une autre fois ses pernicieuses et ridicules maximes.

On raconte encore que deux poètes eurent un jour entr'eux une contestation puérile au sujet du second mot d'un distique de Hhafezh. L'on voulait que ce mot fut *wabesté ganem* l'autre soutenait qu'il ne pouvait être que *nichesté ganem*, mais voyant qu'ils avaient besoin d'un arbitre capable pour mettre fin à leur différend, ils s'adressèrent à Jami en le priant de décider lequel des deux avait raison : or avant de rapporter la réponse de ce dernier, l'on saura que le distique en question était

ainsi récité par le premier : « Mon navire est attaché : ô vent lève-toi! et favorises mes désirs en le
conduisant au port de ma bien-aimée ». L'autre en y
substituant son expression le changeait en celui-ci :
« Je suis assis dans un navire : lève-toi, ô vent, etc.
ce qui signifiait la même chose et prouvait en
même tems le désœuvrement et la petitesse d'esprit
de nos deux poètes. Cependant Jami pour les moles-
ter et les mettre en défaut tous deux leur répondit
que leurs mots étaient également impropres et
qu'il fallait les remplacer par celui de *chikestéganem*
dont Hhafezh lui-même s'était servi et qui probablement avait disparu de son recueil par la né-
gligence ou l'inexactitude des copistes. Cette nouvelle substitution donnait au distique un sens in-
concevable : car alors il signifiait « Mon navire est
rompu, lève-toi, ô vent, etc. Mais, lui disaient les
deux poètes tout étonnés, de quel secours peut être
le vent que vous implorez puisque votre navire
étant brisé, il se trouve hors d'état de vous transporter au port désiré? Vous vous trompez mes amis
leur répondit le judicieux Jami : dans votre querelle
vous n'avez envisagé tous deux que le sens apparent
du distique et non le mystérieux : apprenez donc
que le navire n'est autre chose que le corps même,
lequel venant à se dissoudre ou à se rompre, l'âme
qui en est le conducteur souhaite alors de s'élan-

cer vers le créateur qui est le bien-aimé, et le
prie sous l'emblème du vent de l'attirer à lui. »

Jamais dans ses discours il ne se répandait en
invectives contre les autres religions. Il respectait
les opinions des différens esprits, car il jugeait
qu'ils y étaient attachés tout comme lui tenait
fortement aux siennes. Chah-Hussein qui avait
pour lui une affection toute particulière lui ayant
demandé un jour de quelle secte il était ; « Sire,
répondit-il, de quoi vous servira-t-il de connaître
ce que je crois intérieurement ? puisque quand
même vous viendriez à découvrir que je suis dans
l'erreur vous ne sauriez jamais me faire changer de
principes, car je chéris trop ce que j'ai sucé avec le
lait pour y renoncer facilement Les hommes, ajou-
ta-t-il, sont environnés des ténèbres de l'incertitude, et chacun y tient une différente route qu'il
s'est imaginé être la plus certaine en se fiant à
la raison que Dieu leur a donnée pour guide. Et
il n'y a que les rayons du jour éternel qui en éclair-
cissant cette multitude de chemins que les hommes
ont adoptés, leur montrera enfin, mais trop tard, le
seul qui était sûr et salutaire et que tant de malheureux doivent avoir rejeté dans leur aveuglément.
Ceci, continua Jami, peut s'expliquer par cet apo-
logue si connu : « Certain roi qui avait sept fils et

dont la mort prochaine annonçait leur division et par conséquent les malheurs de l'état, les rassembla quelques momens avant sa dernière heure pour leur faire connaître ses volontés : « mes chers enfans, leur dit-il, comme il est impossible que vous puissiez tous les sept régner en même tems après moi, voici de quelle manière il faut agir pour décider qui de vous sera mon successeur : il y a dans un tel lieu un grand édifice qui est soutenu par sept colonnes dont six sont d'airain et la septième d'or massif; après m'avoir vu expirer et m'avoir rendu les honneurs de la sépulture vous vous y rendrez tous les sept, de nuit, et chacun vous embrassera dans l'obscurité l'une de ces colonnes et y restera attaché jusqu'au lendemain; celui d'entre vous qui aura saisi la colonne d'or me remplacera dans la royauté. » Ainsi sire, dit-il en achevant, c'est au dernier jour qu'on verra briller cette colonne d'or que chacun se flatte d'avoir rencontrée dans les ténèbres de ce monde. »

Voici encore un trait plaisant qu'on rapporte de Jami ; bien que peu honorable pour lui, il peut néanmoins lui être pardonné en faveur de sa jeunesse. Ce poète s'était nouvellement établi à Tébriz et avait refusé avec hauteur d'aller voir le lieutenant de police de cette capitale qui n'ignorant pas que le roi l'avait pris en affection voulait, pour plaire à son souverain, lui faire quelques politesses. Ce magistrat naturellement fier se voyant dédaigné par un simple derwische en fut outré de dépit, et chercha dès-lors les occasions de le mettre en faute, et de l'humilier sans irriter le roi : un jour qu'il fesait la ronde dans la ville, travesti en artisan, il rencontra Jami que ses gens lui firent reconnaître à un signal; il l'appela de son nom, et voyant qu'il tenait quelque chose sous son habit, il lui demande ingénuement ce qu'il porte : rien lui dit Jami qui ne le connaissait pas lui-même. Mais qu'est-ce donc enfin lui dit-il; en écartant sa robe, il entrevoit une cruche de vin : charmé de cette découverte, il se fait reconnaître et le somme d'en verser un peu dans une coupe; qu'est-ce ceci Jami? lui dit-il, -- c'est de l'eau -- mais elle est rouge? -- oh! vous êtes bien bon : n'avez-vous pas remarqué que toutes les sources se sont troublées par l'abondante pluie qui est tombé la nuit passée? -- Il me semble qu'elle a le goût du vin? (en la portant à sa bouche) -- hé bien oui c'en est réellement; qu'est-ce que vous prétendez? -- Je prétends vous mener de ce pas en prison, et vous châtier pour avoir transgressé l'ordre du roi qui a défendu l'usage du vin par son dernier édit. Mais lui dit Jami sans se déconcerter : si le roi a défendu de boire du vin la reine m'a ordonné de lui en apporter -- et quelle est s'il vous plaît cette reine qui vous demande du vin? -- si vous voulez me suivre je vous la montrerai bientôt; et il le conduisit à sa maison, où il lui fit voir une jeune personne de la plus rare beauté qui était sa maîtresse : voilà lui dit-il la reine, et elle l'est en effet puisqu'elle règne sur mon cœur ». Le lieutenant de police qui fut surpris du courage et de la fermeté de Jami, sentit bien qu'il était trop sûr de la protection et des faveurs du roi, et n'osa plus l'inquiéter.

Jami était naturellement gai et porté pour la fine plaisanterie, et l'élégant badinage. Ennemi de la contrainte et du sérieux, les lectures profanes, l'amour, le vin et la poésie firent ses délices pendant la moitié de sa vie. Il joignait à une imagination féconde, un caractère affable, et un esprit juste et cultivé. Sa conversation était agréable et pleine de saillies, son élocution facile, ses expressions choisies et élégantes, en un mot il s'était acquis l'estime et les bonnes grâces du roi ainsi que de tous les grands du royaume. Mais arrivé enfin à ce point de dégoût qu'inspire la satiété des plaisirs et des faveurs, il y renonça pour toujours et se consacra uniquement à l'exercice de la piété et

à l'étude de la philosophie. Dès-lors son humeur
enjouée disparut, il devint mélancolique et taci-
turne, et avec l'agrément de sultan Hussein il alla
en pélérinage à la Mecque, où, dit-on, il vit une
nuit en songe Mahomet qui lui révéla certains mystères; à son réveil il fit le vœu rigoureux de ne plus
parler à personne pendant le reste de ses jours
pour avoir eu le bonheur de s'entretenir avec le
prophète. Cependant il rompit quelques tems après
le silence par l'exhortation d'un docteur qui le con-
vainquit de la sottise de son vœu. Ce fut au retour
de la Mecque qu'il composa son *Subhet-el-Ebrar*
ou *Chapelet des pieux à l'usage des jeunes Ssoufis*,
et il le dédia à sultan Hussein qui appréciant le
haut mérite de cet ouvrage le fit copier dit-on en
lettres d'or et le déposa dans son trésor.

Jami mourut en 898 dans un âge avancé emportant avec lui les regrets de ses amis et de ses protecteurs. La mort n'eut rien d'effrayant pour lui,
il la vit approcher avec cette sécurité et ce courage
qui décèlent le grand homme et le philosophe ré-
signé. Quelques instants avant d'expirer, il récita
plusieurs vers dont voici le sens : « J'ai consumé
mes jours dans les vicissitudes et les dégoûts, et
j'ai passé les nuits dans la certitude accablante qu'ils
ne me quitteraient qu'à l'heure du trépas : je me

meurs, j'entrevois l'horreur du tombeau, mais hélas ! les premières années de ma vie dont chaque moment me devait être si précieux, je les ai passées dans des soins inutiles, et des travaux aussi pénibles qu'infructueux ! »

Ce célèbre poète qui possédait d'ailleurs la langue arabe dans toute sa perfection fut certainement l'homme le plus savant et le plus judicieux de son siècle. Philosophe dans sa conduite comme dans ses principes, il fut exempt d'ambition, car il avait dans son humeur, une noble fierté qui ne lui permettait pas de s'abaisser, et jamais on ne le vit solliciter des faveurs. Ses admirateurs se plaisaient à les lui prodiguer sans qu'il les briguat, et rendaient par là justice à son mérite. Tous les ouvrages sortis de sa plume nerveuse, attachent autant par le caractère de vérité que par celui d'élégance, de sagesse, et d'énergie ; sa prose est un peu négligée et trainante, mais sa versification est vive, pleine d'attraits et d'harmonie ; les sujets qu'il traite sont bien présentés ; et son éloquence fait de puissantes impressions sur le cœur, frappe et éblouit l'imagination ; aussi est-ce le seul poète persan qui ait eu le rare talent de varier ses tours et ses figures, et d'intéresser les lecteurs par la diversité de ses expressions dans les ouvrages de certaine étendue.

15

Outre son *Subhet-el-Ebrar* on a encore de lui :
1. Un ample recueil d'odes qui égalent en beauté
et en délicatesse celles de Hhafezh, qu'il composa
au milieu des dissipations de sa jeunesse ; 2. Un
Boustan imitation de celui de Sâdi ; 3. Le *Tuhfet-
el-Ehrar* autre ouvrage didactique en vers ; 4. Le
Skender-Namhé poème épique où il chante les hauts
faits d'Alexandre ; 5. Le *Selselat-el-Zahab* (la
chaîne d'or) ouvrage du même genre que le Tuh-
fet-el-Ehrar déjà cité ; 6. *Youssef et Zuleïkha* petit
poème élégamment écrit qui concerne les amours
la femme de Putiphar et la chasteté de Joseph ;
7. Le *Beharestan* dans le genre du *Gulistan* de
Sâdi ; 8. *Leila-Medjnoun ;* 9. *Kussei-Selman-we-
Absal* (*a*).

Ses ouvrages en arabe consistent :
1. En un commentaire du Coran ; 2. Deux autres commentaires l'un sur la grammaire et la rhétorique d'*Ebn-el-Hadjeb* et l'autre sur le livre de
Mehhi-Eddin-el-Arabi qui traite des prétendus vi-
sions et miracles de Mahomet ; 3. Une imitation
libre en vers du *Khamriét-d'Ebn-Fares* où il célèbre
l'excellence et les effets du vin.

Ce sage philosophe qui détestait les adulateurs ,

_____

(a) M. de Chézi a sommairement rendu compte des poèmes de Jami dans la préface
de son élégante traduction des amours de *Leila-Medjnoun* qui forme le sujet d'un de
ses poèmes.

les caractères faux et les âmes vénales, avait cou
tume de dire que le cœur est l'araignée qui our-
dit le tissu des désirs, qu'il fallait par conséquent
l'empêcher d'en enlacer sans cesse les filamens,
tout comme on détruit la toile de l'animal incommode qui tend des embûches aux insectes. Celui
qui, disait-il souvent, a des sentimens abjects et
déshonorans ne parvient jamais à être homme quand
même les révolutions du firmament le placeraient
au dernier dégré de grandeur. En voyant un fat
faire l'énumération des belles qualités de ses an-
cêtres, il dit à ses amis quelle triste gloire a un fils
de se vanter des vertus de son père ! il ne les a pas
lui-même ? c'est comme si l'on disait que la prunelle est l'objet même , tandis qu'elle le représente
seulement : aussi une branche stérile quoiqu'appartenant à un arbre fruitier n'est bonne qu'à être
coupée et brûlée. Sur l'amitié il se tenait à cette
sentence : « Il ne faut jamais se lier à personne dans
ce lieu d'exil, car si l'humeur de l'ami qu'on se
sera choisi est incompatible avec la nôtre, ses propos et ses emportemens feront le tourment de
l'âme ; et si au contraire il a nos opinions, et
qu'il se conduise selon nos propres principes, alors
son éloignement ou sa perte sont aussi cruels que
la mort même.

Traduction de dix odes de Jami.

I.

« Accorde ô musicien! ton luth sur un douloureux accent; tou-
chons les cœurs par un lugubre concert, et que notre brûlante
harmonie enflamme le toit de cette demeure! j'ai versé tant de
larmes dans ma séparation d'avec ce cœur inflexible que les pierres mêmes ont compati à mon affreux état en partageant mes
sanglots. Je languis loin de ma bien-aimée, et mes pleurs hélas!
qui ont formé autour de moi une vaste mer, m'ôtent toute com-
munication et m'empêchent d'accourir aux lieux qui la possèdent.
Mon secret va éclater enfin, et comment puis-je le garder plus
long-temps couvert tandis que la pâleur de mon visage ainsi que
les larmes de sang qui le couvrent me trahissent si évidemment?
la moindre incommodité de ton corps délicat fait le supplice de tes
amants : ah! ne serre pas si étroitement les lacets de ton corset.
Chaque flèche que tu décoches à mon cœur met la dissension entre
mon âme et lui : de grâce, n'épargne pas les traits à cette envieu-
se, et fais cesser leur combat... O Jami si tu réclames du souverain de l'amour la marque du bonheur, il faut commencer par
s'affranchir des liens de la timidité ».

II.

« Lève ô souveraine des cœurs le voile qui nous dérobe ton
rayonnant visage! que te couterait-il d'exaucer les vœux de tes
adorateurs accablés sous le poids de l'affliction? si tu daignais passer par la sépulture des victimes de tes rigueurs, leurs corps au
même instant se ranimeraient sous les pas de ton orgueilleux
coursier. Mon âme est prête à s'envoler : elle est sur mes lèvres,
viens y coller les tiennes pour la recevoir ou du moins pour la dé-

gager entièrement de ses liens. Oui la réunion ne s'acqciert que par de longues souffrances. Où est le pélerin qui accomplit son vœu sans éprouver les peines et les fatigues des déserts? j'ai avalé la boisson de l'éloignement; je sens qu'elle va trancher la trame de mes jours : et quel espoir de vie reste-t-il à un malheureux qui ressent déjà les effets affreux d'un breuvage empoisonné ? ah ! elle n'éprouverait aucune impression, son cœur ne serait pas ému en me voyant noyé dans mon sang! tel un enfant pour qui tous les objets sont indifférents, en remarquant un oiseau immolé qui palpite et se débat dans la poussière, croit qu'il tressaille de joie. Le tems de faire pénitence n'est pas venu encore : lève-toi Jami et en dépit du caustique et revêche censeur porte à ta bouche le délicieuse coupe, et savoure à long traits la liqueur empourprée ».

III.

« Partout où cette éblouissante beauté se plait à dresser ses sompteux pavillons, les infortunés qu'elle maîtrise s'empressent aussitôt de les tendre avec les cordages de leurs âmes. Les torrents de sang qui coulent de leurs yeux entourent comme une mer son camp bastionné; et ses tentes à demi submergées par ce déluge nouveau et singulier, ressemblent de loin aux bulles qui se forment sur la surface de l'onde. Dans le dessein d'abattre la poussière qui s'élève sous les pas de ses chevaux, mes yeux semblables aux nuages pluvieux se fondent insensiblement en eau. Et en la voyant presser les flancs de son coursier docile et, le manier avec grâce, j'envie le sort des rennes, et des étriers qui baisent les unes ses mains les autres ses pieds. Ah! soleil insensible réprime l'ardeur de tes rayons; et n'influence pas d'avantage sur ses délicates joues; rends toi à mes souhaits; ou crains d'être consumé toi même par mes brûlants soupirs! Mais comment parer son tendre visage de l'incommodité de cet astre capricieux et sourd? comment mettre à couvert cette face qui ne peut supporter l'ombre même de la gaze? Jami ne peut plus souffrir la vie, elle lui est devenue à charge car sa bien aimée a différé son trépas; puisse-t-elle ne pas le ménager désormais, heureux si en ce moment, il pouvait expirer à ses genoux! »

IV.

« Échanson! viens et verse nous du vin; l'occasion est favorable, il faut en profiter : et toi musicien! charme nous par tes harmonieux accords. Mes yeux sont fixés sur l'aimable visage du verseur, et mon oreille est attentive aux sons touchans de la harpe. Va-t-en prêcheur incommode ce n'est pas ici le lieu de m'étourdir par tes lourds et fastidieux sermons... O n'interrogez pas mon âme sur le beaume salutaire du plaisir : elle ne se nourrit que du lot de l'amertume que lui a concédé l'amour. Les dards acérés qui partent de la main d'une maitresse, sont pour les amants passionnés, une pluie de faveur et de libéralités : tout homme peu sensible et inconséquent ne trouve jamais le trésor du bonheur, il n'appartient qu'aux esprits intelligents et actifs de le découvrir et d'en prendre possession. La fréquentation des enfants du siècle est une source de désagréments heureux pour celui qui vit en solitaire et dégagé du tumulte et des soucis! c'est envain Jami que tu te tourmentes pour atteindre à la réunion : elle dépend d'un coup de fortune; et c'est ce coup essentiel que tu dois épier ».

V.

« Hier l'esprit préoccupé de tes charmes, des pleurs de sang coulaient de mes yeux. Témoin de mes sanglots, ma bougie en participant à ma douleur se fondait en larmes : celles que versait le flacon n'étaient pas non plus sans sujet, car je présume qu'au milieu de ses plaintives vociférations, il convoitait tes lèvres coralines. Ah grand Dieu! étaient-ce les planètes qui à l'aube matinale se précipitaient de leur sphère? ou bien était-ce la roue elle-même qui déplorait mon sort en pleurant? non ce n'était pas la pluie qui humectait dans la saison printannière les alentours de l'habitation de *Leila*; ils n'étaient arrosés que par l'abondance des larmes que les malheurs de *Medjnoun* arrachaient aux rochers et aux vallons. La douleur amère de Jami s'est tellement accrue par l'absence prolongée de sa bien aimée que le torrent de ses pleurs l'entrainait hier soir hors de sa maison ».

VI.

« La rose est agréable, la fête l'est aussi; mais la réunion est plus délicieuse que toutes les deux surtout après les maux de l'éloignement et la longueur de l'attente; en printems le bouton de rose est gai et riant pendant que celui de mon cœur est ramassé et fané. J'aperçois en ce moment dans les *Lâlâas* (36) de la société les mêmes cicatrices qu'elles portaient l'an passé dans leurs seins. Que ne secoue-tu pas de ton manteau la poussière de l'amertume qui le couvre? ne vois-tu pas que la pluie printannière a abattu celle des campagnes? l'onde argentine qui serpente dans les ruisseaux produit les effets d'un brillant miroir, et c'est ce qui fait précisément pencher le narcisse sur ses bords émaillés. Si cette majestueuse beauté venait à passer par la tombe de Jami, alors, semblable au brin d'herbe, il écarterait la terre qui le couvre pour se lever et baiser ses pieds.

VII.

« C'est ici le lieu qui posséda la bien-aimée de mon cœur; oui c'est le séjour qui fut éclairé par la radieuse joue de cette éblouissante lune! C'est ici le terrain fortuné, autrefois fertile en fleurs et en basilics, mais qui ne produit plus aujourd'hui que des joncs et des épines... Ah! c'est la même plaine jadis si charmante où une multitude d'adorateurs faisait le cortège de cette reine des cœurs, et dont les abaissemens et les élévations que l'on y trouve maintenant nous rappèlent la constance et l'assiduité des hommages qu'on venait lui rendre de toutes parts! Terre trop heureuse et ennoblie sous ses pas! Tu égales en vertu la fontaine de vie qui échut en partage au respectable *Khezr* (37). Ah! de l'extrémité de chaque paupière devrait couler des ruisseaux de sang là où ses lèvres empourprées épanchèrent le sucre et la douceur... La substance de Jami est

en vérité originaire de ce délicieux climat, quoiqu'elle paraisse
sortir de la contrée du Khoraçan. »

VIII.

« Avec tes lèvres vivifiantes tu n'es pas, dis-je à mon amante,
inférieure au Messie : tais-toi me répondit-elle : tu n'es pas digne de
mon haleine. Mais, lui dis-je encore, mon cœur échappera-t-il
enfin au piége que tu lui as dressé? Quoi! répliqua-t-elle feindrais-
tu d'ignorer les frisures et les replis de mes boucles annelées?
Jusqu'à quand repris-je, comme une triste et plaintive flûte étour-
dirai-je l'univers par mes vociférations?..... Pleure et désole-toi
jusqu'à la mort : tes sanglots me sont indifférens, car je ne pense
pas même que tu es dans le monde — Mais lui dis-je en l'inter-
rompant avec douleur, le nuage que tu as élevé dans mon âme
l'a inondée d'un déluge d'amertumes — Eh que ne bénis-tu pas à
l'exemple des herbes cette pluie qui t'abreuve? Mais continuai-je
tu as navré mon cœur; daigne ne pas en détourner tes yeux. —
Non dit-elle ta blessure ne mérite pas le beaume que tu souhaites
— Si tu m'ôtes ma raison laisse-moi du moins mon tourment —
S'il fallait que j'usasse de justice, je devrais te prier aussi de
cette dernière — Mais enfin lui dis-je fais participer tes adorateurs
au mystère de ta bouche. Va-t-en Jami, répliqua-t-elle, tu n'es
pas du nombre des élus ».

IX.

« La nuit dernière le sommeil s'était emparé de mes sens. Je
dormais, et ma fortune réveillée enfin avait donné pour compagne à mon âme l'image de mon amante. Oui je l'ai vue en songe;
sa bouche charmante sembla s'ouvrir pour me plaindre et arracha
des perles liquides à mes yeux desséchés. L'impression de ses paroles sur mon âme fut des plus délicieuses; je ne me lassai pas
d'admirer ses lèvres épanchatrices du musc. Mais hélas! ma faible mémoire n'a pu retenir ce qu'elle m'a dit, et je fais de vains

efforts pour l'y retracer... Le jour le plus brillant est pour moi une désolante et obscure nuit sans la joue de ma bien-aimée. Heureux fut l'instant où mes yeux y étaient fixés sans pouvoir s'en détacher! Et mille fois heureux toi-même, Jami, si ton réveil ne t'eut détrompé de ton songe! Ah! qu'il était charmant ce songe! Il m'offrit au milieu du sommeil l'objet chéri pour lequel je veillais inutilement depuis si longtems!... »

X.

« Ta chevelure ambrée a enchaîné tous les cœurs, et chacun de tes crochets est une étreinte indissoluble qui retient les âmes prêtes à s'envoler. Oui les anneaux qui descendent sur tes joues forment une chaîne redoutable dont tu charges ceux que tu as rendu insensés pour les ramener à la raison. Si jamais l'astre brillant du monde s'unissait à la reine des cieux, je doute bien qu'ils pussent donner naissance à une beauté telle que toi. Depuis que le sage me conseille de prêter l'oreille aux mélodieux accens du musicien, tous les autres préceptes qu'on me donne me sont onéreux et à charge. Mais le cruel censeur m'a arraché le triste serment de me sevrer de vin. Et cependant la fin des roses approche. Ah! que j'abhorre cet homme sauvage et rude! que je déplore mon imprudence! et qu'il m'en va couter d'être nécessairement parjure! le cloître a contristé jusqu'au jourd'hui ton cœur ô Jami! Prends maintenant le chemin de la taverne pour t'y livrer de nouveau aux soins de l'amour et y savourer encore le jus pétillant de la treille! »

ISMAIL.

Ismaïl (Abou), son véritable nom est *Abd-Allah-Manssour;* il naquit à Hérat, et fut disciple du célèbre Abou-l'-Hassan-Kherqani. Il nous apprend lui-même que sa muse a dédaigné les sujets profanes pour se consacrer exclusivement à ceux de la religion. Mais comment concilier le zèle que l'on doit lui supposer pour celle-ci avec les doutes que parfois il semble vouloir faire naître sur ses principaux dogmes. Les vers suivans sont du nombre de ceux qui déposent le plus contre lui.

« Grand Dieu! je suis une créature rebelle et naturellement portée au mal; mais où est ta miséricorde? les ténèbres de l'ignorance enveloppent mon cœur et l'aveuglent : les rayons de ta grâce ne devraient-ils pas l'éclairer? si pour me recevoir dans le séjour céleste, tu exiges de moi une entière soumission à tes commandemens, c'est vouloir me vendre cette faveur au prix de mon obéissance; et que deviennent alors ta clémence et ton infinie bonté?...

KASCHEFI.

aschefi-Hassan-ben-Ali connu aussi sous le nom de Waéz-el-Heraoui, à cause qu'il remplissait les fonctions de prédicateur dans la ville de Hérat sa patrie.

Il est auteur d'une glose, d'une paraphrase et d'un commentaire sur le Coran qu'il a composés en langue persanne. On a encore de lui sous le titre de *Akhlaq-el-Mohssené* (les bonnes mœurs) un excellent ouvrage didactique, en persan, mêlé de prose et de vers. La belle et judicieuse préface qui se trouve en tête de ce livre, et que nous allons traduire très librement en fera assez connaître le sujet en même qu'elle indiquera l'occasion à laquelle il fut composé.

« Au nom de Dieu clément et miséricordieux ! l'être suprême et absolu (que sa parole soit révérée et son nom glorifié !) a revêtu le diplôme apostolique de Mahommed de ce témoignage éclatant de sa prédilection pour lui : *tu es au-dessus de tous les hommes !* La mission du prophète a eu pour but, suivant ses propres paroles, de proclamer la saine morale, c'est d'après cette vérité qu'il ne cessait d'exhorter ses disciples à en accomplir les préceptes... La première chose que l'on mettra dans la balance de la justice éternelle, au jour de la résurrection, c'est le bon naturel ; les bonnes œuvres seront pesées après. La pureté des mœurs nous assimile aux pieux solitaires qui passent le jour dans le jeûne et se livrent, la nuit, aux exercices spirituels et aux plus sublimes méditations : elle nous fraye un sentier lumineux et sûr vers le parfait bonheur ; aussi constitue-t-elle le plus bel attribut de l'homme, surtout de celui à qui, d'après ce verset sacré : *Dieu choisit et élève les mortels, comme il lui plait*, le Très-Haut a déféré l'autorité souveraine. Tel est, par la grâce de Dieu, notre incomparable sultan Hussein–Abou-l'-Ghazi (puisse l'ombre de sa clémence se perpétuer à jamais.) Ce monarque puissant dont le destin lui-même respecte les volontés suprêmes, qui dans le chemin des conquêtes ne tire l'épée que pour la seule gloire de Dieu, qui surpasse le fameux *Djemschid* par ses hautes vertus et ses belles actions, et qui semblable à l'astre du jour éclaire et vivifie les peuples qu'il gouverne...

Tels sont encore les enfans de ce grand roi, qui comme autant d'astres étincelans, circulent dans la sphère de son pouvoir. Leurs nobles et constans efforts ont pour objet l'acquisition des vertus sociales et des sciences utiles. Le prince *Schah-Abou-l'-Mohhçen,* ce bijou précieux de la monarchie, jeune et invincible héros que l'on voit voler aux combats sur le char de la gloire qu'assujétit le ciel à sa rare valeur !

» On le distingue surtout par son mérite, le repentir de ses égaremens passés et sa soumission envers l'auguste auteur de ses jours...

» Quand au milieu des circonstances les plus critiques, ce prince sourd aux conseils de quelques infâmes ministres, qui tâchaient de le détourner du noble et pieux dessein qu'il avait formé, quitta tout-à-coup Merw sa résidence, pour se rendre avec un petit nombre de serviteurs fidèles, auprès du roi son père, et lui offrir le tribut de l'obéissance filiale ; lorsque, dis-je, ce nouveau Youssef vint essuyer les larmes du Yaqoub de notre siècle, on entendit soudain retentir d'un bout de l'empire à l'autre des cris de joie et de bonheur. Des félicitations unanimes furent portées au pied du trône ; et le jardin de l'espérance publique, embelli des fleurs de la satisfaction, exhala les plus délicieux parfums. C'est ainsi que la nuit de la tristesse s'est convertie pour nous en un jour de contentement et de joie !

» Des actions de grâces furent rendues au ciel à l'occasion de cet heureux événement ; et l'Orient de la félicité nationale se colora des brillantes nuances de la gloire. Voilà comment les flèches des ferventes prières de nos vénérables et saints pasteurs atteignirent le but désiré. Les grands et les petits applaudirent à la démarche du prince Abou-l'-Mohhçen ; et dans ce nouvel ordre de choses, chacun s'empressa de lui offrir l'hommage de son admiration et de son éternel attachement. Moi aussi, pauvre Hassan-Kaschefi j'eus l'inappréciable avantage de lui baiser la main, et d'être admis à son service. Dès-lors je résolus de lui consacrer un ouvrage destiné à l'instruction des enfans des rois : j'entrepris donc d'écrire le présent *traité des bonnes mœurs*, que j'espère achever avec l'aide du seigneur. Mais avant d'entrer en matière, il est à propos que je fasse ici quelques réflexions sur l'origine des institutions civiles, et sur les devoirs de la royauté ; car c'est du maintien des unes et de la rigoureuse observance des autres que dépendent le repos et la prospérité des états. J'observerai donc que les hommes ayant été formés pour vivre en société, c'est-à-dire pour se trouver les uns avec les autres dans un commerce d'affections et de besoins réciproques, il doit nécessairement exister un régime fixe et régulier tendant à déterminer leurs droits naturels, et à entretenir parmi eux la concorde et la tranquillité : sans qu'aucun individu puisse être opprimé par son semblable. Or, ce régime est le *âdl* (38) qui émane du sein de Dieu même et fut enseigné sur la terre par son apôtre. Mais il ne suffit pas que le prophète en ait posé les fondemens parmi nous ; il faut encore que quelqu'un le protége et lui serve d'appui ; et c'est au souverain, dont la puissance se trouve essentiellement liée au sacerdoce, qu'appartient ce soin important et auguste : de là l'axiôme connu *la religion et la royamté sont deux jumelles inséparables.*

» D'ailleurs Dieu a dit : *obéissez au créateur, puis au prophète, puis à celui d'entre vous qui se trouve investi de l'autorité suprême.* Il faut donc qu'un roi soit semblable, par la douceur et la pureté de ses mœurs, au dépositaire de la justice (le prophète) : qu'il se rappelle sans cesse que le Tout-Puissant, en lui confiant le Gouvernement des peuples, a voulu qu'il les rende heureux et qu'il tâche, pour mériter leur amour et leur vénération, d'acquérir les qualités qui vont être énumérées dans cet ouvrage, et dont les unes ont pour objet de le mettre en rapport avec son créateur, et les autres de le conserver dans le haut rang qu'il occupe ».

KATEBI.

Katebi-Muhammed-ben-Abdallah (a), poète persan, né à Nischabour, vivait vers la fin du cinquième siècle de l'hégire. Il a composé un poème de maximes recherchées ayant pour titre *Tedjnisset* et quelques poésies fugitives parmi lesquelles l'extrait suivant nous a paru digne d'être inséré dans notre recueil :

« Coursier unique et majestueux ! il ressemble par sa couleur aux doigts d'une nouvelle épouse, teints du *hunné* (39) et par sa force et sa souplesse à un tigre altier. Il est vif comme le mercure, agile et léger comme le zéphyr et prompt comme l'imagination. Son encolure délicate est celle des antilopes tartares, et ses yeux brillent et se tournent fièrement d'un côté et d'autre comme ceux du lion. Ses sabots ressemblent au diamant par leur dûreté. Sa queue est douce comme le duvet des beaux adolescents, et sa crinière flottante sur son col comme les boucles d'une jeune nymphe... Au milieu des combats il ressemble à un superbe et solide navire contre lequel se brisent en vain les vagues de la mer ».

(a) Le surnom de Katebi, c'est-à-dire l'écrivain, lui fut donné à cause de la beauté de son écriture qu'il avait apprise d'un excellent maître surnommé *Sami-Khath* la plume d'argent.

On raconte qu'ayant composé à la louange de *Mirza-Ibrahim* un poème dont toutes les rimes se terminaient en *gul* mot persan qui signifie rose, ce prince à qui il le récita l'interrompit pour lui demander par ce vers persan de quel pays il était : « De quel jardin s'est envolé ce rossignol mélodieux. » Katebi lui répondit aussitôt par ces vers improvisés de la même mesure que ceux qu'il récitait : « Je suis sorti aussi bien que *Attar* ce poète fameux du jardin de *Nischabour*, mais Attar était la rose de ce jardin, et je n'en suis qu'une ronce ».

On a de Katebi quatre ouvrages très estimés, savoir :

Deh-Bab les dix chapitres ;

Madjmâ-el-Bahrein la jonction des deux mers ;

Ketab-Hussn-oua-Aschq le livre de la beauté et de l'amour ;

Nasser-oua-Maussour le conquérant et le triomphant.

KEMAL.

Kemal-Pacha-Zadé (Ahmed), écrivain turc. Cet homme vraiment extraordinaire par l'étendue et la variété de ses connaissances, s'est fait un nom également célèbre dans la jurisprudence, la théologie, la morale, l'histoire et la poésie : aussi peut-il être mis au rang des auteurs les plus distingués de sa nation. Il a laissé à la postérité un grand nombre d'ouvrages estimés.

Son mérite avait excité la jalousie de Hassan-Zadé de Romélie qui le persécuta toujours et fut cause qu'on lui refusa la place de professeur dans l'école de *Tachlik* à Andrinople, qu'il sollicitait depuis longtems. Ahmed se vengea de sa haine en faisant contre lui cette épigramme :

« Que m'importe la haine de *Hassan-Zadé*, cet homme dont la figure ignoble est le miroir de la méchanceté et de la sottise ? Comme les nuages voilent momentanément le soleil, de même les ignorans offusquent quelquefois les gens de mérite ».

Il trouva enfin un Mécène dans *Munédjid-Zadé*

d'Anatolie, zélé protecteur des lettres, qui après la mort de Hassan-Zadé fit donner à Ahmed la place qu'il ambitionnait et parla de lui au sultan *Bayazed* en des termes si avantageux que ce prince lui conféra la charge d'historiographe de l'empire et le combla de ses faveurs. Ahmed composa en effet une histoire ottomane mais quoique le fond de cet ouvrage soit d'un grand intérêt l'auteur l'a défiguré un peu en remplissant son style d'équivoques et de jeux de mots.

On a en outre de lui deux poèmes très estimés, savoir : le *Nikiaristan* à l'imitation du *Gulistan* de Sâadi et le poème de *Youssef* et *Zuleikha*. Ils sont pleins de grâce et d'élégance.

Il avait accompagné le sultan Sélim dans la conquête de l'Égypte : après la mort de ce prince célèbre par ses victoires, Ahmed composa ces vers à sa louange :

« En peu de tems il a fait de grandes choses : il a étendu sa domination sur tout l'univers. Semblable au soleil aux approches du soir, il a projeté au loin son ombre, et n'est resté qu'un instant sur l'horizon.

Ahmed mourut l'an 940 de l'hégire. *Molla-Zati* lui a fait une épitaphe remarquable, dans laquelle la date de sa mort se trouve formée par l'*abdjadié* (40) ou valeur numérique des lettres qui composent ces mots :

« Le grand homme n'est plus ».

Nous finirons cet article par la citation de quelques-unes des idées gracieuses et délicates que l'on rencontre fréquemment dans ses poésies :

« O ma bien-aimée, au lever de l'aurore lorsque la rose et le narcisse se parent de leurs attraits les plus séduisants, la nature les dédaigne et n'a des yeux que pour toi ». (a)

« Zéphyr, quelle est ton erreur? pourquoi soulève-tu le voile de la beauté que j'adore? sans doute tu as cru entr'ouvrir l'enveloppe du bouton de rose ».

« C'était un heureux tems que celui où je ne traçais sur les tablettes de mon cœur que les traits de ta beauté; où je n'étudiais que dans le livre d'amour! »

KHADJOU.

Khadjou-Ahmédi, né à Kerman, mort en 742. Son *Diwan* contient outre une centaine d'odes charmantes, quantité de jolis petits poèmes, parmi

(a) Il y a ici un jeu de mots qu'il faut expliquer : il est fondé sur la comparaison que font les poètes orientaux de la rose et du narcisse à la joue et à l'œil de leurs belles.

lesquels on doit distinguer le *Gul-ou-Newrouz* (le printems et la rose), le *Homa-wé-Homayoun* , (a) et le *Makhzen-el-Asrar* (b) : nous y avons puisé le morceau suivant :

« Le zéphyr matinal agite mollement les boucles de ta longue chevelure, il caresse la tendre jacinthe sur la feuille humide du jasmin (c). Je comparais tes joues à la brillante tulipe, la rose s'est mise à rire, et le cyprès a secoué la tête (d) ».

KHALLOUF.

Khallouf (Ebn) son nom véritable est Ahmed-Ebn-el-Qaçem. Les biographes arabes le font originaire d'Andalousie et louent beaucoup ses poésies. On y trouve en effet des morceaux pleins de délicatesse et de sentimens qui plaisent surtout par cette fraîcheur de coloris que le tems ne peut jamais flétrir. Voici une de ses odes traduite librement :

(a) *Homa* et *Hemayoun* furent deux amans illustres du siècle des *Sassanides*.
(b) V. pour la signification de ce titre la note relative à l'article Abdi.
(c) La jacinthe et le jasmin font ordinairement allusion dans les poésies persannes, l'une à la chevelure des belles , l'autre à la blancheur de leur gorge.
(d) Les poètes orientaux ont coutume de comparer les joues de leurs maîtresses à la tulipe ou à la rose, leur taille au cyprès.

« L'éclair rapide échappé du sein des nuages a imprimé sur les
ailes du zéphyr, une broderie d'or et d'argent. Semblable à une
lame dégainée et luisante le croissant des cieux s'est tout-à-coup
montré sur l'horizon et la nuit confuse à son aspect a voilé sa
face obscure... Celle que j'adore m'abandonne et fuit loin de moi,
en voyant mon visage enflammé par des larmes brulantes. Les
hôtes des bocages réfugiés sous l'humide feuillée font entendre leurs
accéns plaintifs. Où trouverais-je un cœur sensible et compatissant,
pour lui confier les maux que me fait endurer cette jeune et tyran-
nique beauté qui a subjugué par le prestige de ses charmes les
peuples de l'Arabie et de l'Iran? se lève-t-elle pour marcher, l'on
voit sa taille élégante et svelte, s'agiter mollement comme le roseau
flexible des lances meurtrières. Son regard armé de traits séducteurs blesse et asservit tous les cœurs... Ma main timide n'ose
s'étendre vers elle pour cueillir la fleur suave de ses joues, que
défendent deux crochets d'ébène mille fois plus dangereux que le
dard de l'insecte qui nait et rampe dans la poussière (le scorpion).
Nouvelle Phébé elle m'a ravi par ses éblouissans appas. Oui c'est
une pleine lune qui resplandit au haut d'une tige élancée; assemblage merveilleux de beauté et de délicatesse! ses lèvres sont
aussi douces que le miel le plus pur; aussi parfumées que le nectar le plus exquis; lèvres charmantes et savoureuses qu'un sourire
enchanteur fait éclore pour étaler les perles qu'elles recelent! Aimable et complaisant zéphyr, sois moi propice; vole vers les lieux
qu'elle habite, et dépeins lui le déplorable état de son infortuné
amant! dis lui que malgré les tourments que j'endure, mon cœur
toujours amoureux, toujours constant et fidèle, ne se plaindra jamais de ses rigueurs ».

KHEYAM.

Kheyam (Omar-ben-), poète persan, né à *Nischabour*, florissait sous le règne du sultan *Sandjar* au sixième siècle de l'hégire. Il n'a chanté que l'amour et le vin dans de petites pièces de vers qui sont pleines de grâce. En voici quelques extraits :

« L'ivresse empêche le pauvre de faire de tristes réflexions sur son état; elle inspire au timide renard l'audace de se mesurer avec le lion belliqueux, rajeunit l'octogénaire qui a perdu la force et la santé, et conduit le jeune homme à une heureuse vieillesse. Jusqu'à quand verrons nous notre vie s'écouler au milieu des inquiétudes qui naissent de l'instabilité de la fortune? ah! buvons sans cesse afin de la passer toute entière, cette vie si courte, si pleine de dégouts dans les bras du sommeil, ou au sein d'une paisible ivresse!... Ne te soucie pas ami de ce qui te peut arriver demain; tâche plutôt de jouir du présent; un rouge bord à la main et en compagnie de ta belle sans regretter le passé ni craindre l'avenir ».

LÉBID.

ébid-Abou-Aqil ou Oqail fils de Rebiât un des plus anciens poètes arabes et des plus beaux génies de son tems. Il était idolâtre quand Mohomet commença à publier ses lois, et ses poèmes furent tellement estimés qu'ils furent admis au nombre des *Moâlleqats* et suspendus à la porte du temple de la Mecque. Lébid qui mourut à Coufa l'an 145 de l'hégire à l'âge de cent dix ans est un des sept poètes arabes qui ont fleuri avant l'islamisme dans le tems que les arabes appellent *Djaheliat* (41), c'est-à-dire le tems de l'ignorance, et qui sont auteurs des *Moâlleqats*; ces poètes sont :

1. Zohair ;
2. Tharrafa ;
3. Amr-l'-Qaiss ;
4. Amrou-ben-Khaltoun ;
5. Aâscha-Maimoun ;
6. Nabega.

Son poème très estimé chez les arabes a été traduit en anglais par John. Nous donnons ici la traduction faite par le savant M. de Sacy d'un extrait de la Moâlleqa de Lébid où il célèbre en ces termes son cheval :

« ... Alors, dit-il, je le ramène dans la plaine ; il marche la tête levée, semblable à un palmier dont les branches portées sur une haute tige dérobent leurs fruits à l'avidité de la main qui veut les cueillir. Je le fais courir avec autant et plus de vitesse que l'autruche : lorsqu'il est dans la plus grande chaleur, et qu'il vole avec une extrême légèreté, la selle s'agite sur ses reins, un torrent d'eau coule sur son poitrail : les sangles sont trempées de la sueur écumante dont il est couvert, il dresse la tête et semble vouloir se soustraire à la bride qui modère son ardeur ; il poursuit sa course avec la rapidité d'une colombe qui, dévorée par la soif, précipite son vol vers un ruisseau pour s'y désaltérer ».

MAHADJERI.

ahadjeri (Abd-el-rrahim), poète arabe, florissait à Damas au cinquième siècle de l'hégire. Il excella dans la poésie héroïque. Ses œuvres ont été recueillies en un volume.

MEHESTI.

Mehesti, poète persan appartenant à une des plus nobles maisons de Guendjé. Quelques historiens le font pourtant natif de Nischabour. Il avait un grand fond de connaissances et le rare talent de peindre avec de vives couleurs les transports de l'amour et les variétés que la nature étale dans les jardins et les campagnes. Son mérite apprécié par le sultan Sandjar lui valut un rang distingué parmi les hommes instruits de la cour de ce prince. On raconte qu'en se présentant un soir d'hiver chez le sultan, celui-ci lui demanda quel tems il faisait? La neige tombait alors à gros flocons et avait déjà couvert toutes les avenues du palais. Le poète répondit par cet impromptu :

« Grand roi! la main de la providence en t'élevant au-dessus de tous les monarques t'a assujéti le coursier du bonheur; et afin que ses fers dorés ne se ternissent pas par la poussière, elle vient de revêtir la surface de la terre d'un beau tapis d'argent ».

Les poésies de Mehesti ont été recueillies après sa mort : elles sont pleines de chaleur et de sentiment. Il faut pourtant en excepter ses *hedjouiat* (42) qui n'annoncent point en lui une grande moralité à cause des obscénités et des saillies trop amères dont elles offrent l'assemblage révoltant.

MENAZI.

Menazi (Abou-Nasser-Ahmed-il), poète arabe, contemporain et ami d'Abou-l'-Ola-il-Moârri. Un jour qu'il se trouvait chez lui avec plusieurs autres favoris des muses, et que chacun de ceux-ci débitait des vers de sa façon, il improvisa à son tour les suivans :

« Une vallée délicieuse nous a garantis des ardeurs du midi ; assis à l'ombre de ses bosquets touffus, qui semblent nous prodiguer les tendres attentions d'une mère envers son enfant, qu'elle vient de sévrer, nous étanchons notre soif dans des eaux limpides, aussi agréables au goût que le nectar le plus pur. Les toits de verdure qui se balancent légèrement au-déssus de nos têtes, repoussent les rayons du soleil ; tandis qu'ils permettent au doux zéphyr de s'insinuer à travers leur molle épaisseur pour venir nous caresser. Les cailloux qui brillent au fond et sur les bords fleuris des ruisseaux, causent un moment d'erreur et de trouble à la jeune beauté dont ils fixent les regards naïfs ; elle les prend pour des joyaux dispersés, et soudain d'une main inquiète et tremblante, elle veut s'assurer si son collier ne s'est pas rompu ».

Aboul-Ola en entendant ce morceau s'écria dans un transport d'admiration : « Par Dieu ! tu es le plus éloquent de tous les poètes de la Syrie ! Quelques années après, Menazi l'ayant rencontré à Bagdad lui récita cet autre impromptu :

« La colombe solitaire enchaîne par ses roucoulemens les pas des voyageurs et captive leur attention. Celui dont le cœur est calme et l'esprit dégagé de toute inquiétude la croit livré à la joie, tandis que l'amoureux ne doute point qu'elle n'exprime par des accens plaintifs les vives émotions d'une âme passionnée.......... O combien de cœurs épris dont la plaie cicatrisée se rouvre à l'aspect des objets qui les ont blessés ! L'absence de ces objets n'a pas éteint les feux qu'ils y allumèrent : ils sont dans une ivresse perpétuelle quoique le nectar n'humecte plus leurs lévres

brûlantes. Semblables aux yeux de l'antilope où résident la langueur et une douce mélancolie, sans que pour cela elle soit at-
teinte d'aucune impression étrangère. »

Abou-l'-Ola l'embrassa en s'écriant : *et de ceux
de l'Iraq!* ces mots, par une allusion très ingénieuse, étaient censés faire suite à ceux de sa
première exclamation. Menazi mourut en 437 de
l'hégire. On a de lui un *Divan* généralement
estimé.

MORADH.

Moradh (Sultan), troisième sultan des Ottomans,
fils et successeur d'Orkan. Pendant un règne de
trente-trois ans, il ne cessa de s'occuper de l'agran-
dissement de ses états. Il conquit plusieurs provinces au-delà du Bosphore, défit les Bulgares et
les Serviens, humilia l'empereur Paléologue par un
traité honteux pour les Grecs et fixa enfin le siége
de son empire à Andrinople. Ce prince fut le plus
grand capitaine de son siècle; il eut des vertus
civiles et rendit son peuple heureux. Les gens à
talent dont il savait apprécier le mérite, trouvaient

en lui un ami affable et un protecteur éclairé. Il remporta trente-deux victoires, et fut assassiné en 1338 par un soldat de l'armée des Serviens qu'il venait de mettre en déroute. Les sciences et les belles lettres fleurirent sous son règne, car comme dit un poète turc à ce sujet :

« Tout talent qui naît et prospère dans un empire, doit son existence et ses progrès à la protection du souverain ».

Moradh eut d'ailleurs le goût de la poésie, et de la facilité à faire des vers; une de ses odes commence par ceux-ci :

« Aimable échanson ! apporte-moi le reste de mon vin d'hier. Dis qu'on me rende ma harpe, car tant que j'existerai, la gaîté et les plaisirs feront mon bonheur. Un jour viendra, hélas! où, confondu avec ceux qui ont cessé de voir le jour, je ne serai plus qu'une poussière méconnaissable ».

MOTANÉBBI.

Motanébbi (a) Abou-l'-Taïb-Ahmed-ben-Hussein,

(a) Ce nom qui signifie proprement celui qui fait ou contrefait le prophète, lui a été donné, et c'est celui sous lequel il est le plus connu, parce qu'il s'attribua dans un accès de folie la qualité de prophète.

de la tribu de Djofi, célèbre poète arabe dont les
ouvrages jouissent de la plus grande réputation. Il
naquit à Chenda village du territoire de Coufa en
l'année 3o3 de l'hégire. Il fit ses études à Damas et se distingua si bien dans les belles lettres et
la poésie arabes qu'il est souvent préféré à Abou-
Temmam le seul qui puisse lui disputer la palme.
Son *Diwan* qui a acquis une si grande célébrité a
été l'objet des études de plus de trente commenta-
teurs parmi lesquels on cite *el-Tabrizi* et *Aboul-
Ola*. Il mourut assassiné par les arabes dans un
voyage qu'il fit de la Perse à Baghdad en 354.

M. le baron de Sacy donne un extrait de son
Diwan dans sa Chrestomathie arabe, tome 3. Un
écrivain des derniers tems en faisant l'éloge de
Motanébbi, a dit : « Le monde n'a pas vu un second
Motanébbi ; non, un fils unique ne saurait avoir
de cadet ; il est le prophète (*a*) de la poésie et
ses conceptions sont autant de prodiges ».

(*a*) Par allusion à son surnom, qui signifie prophète.

MOUHOUB.

Mouhoub (Abou-Manssour) auteur de trois poèmes arabes intitulés *Lamiat* parce que la lettre finale de chaque vers est un *l* que les arabes prononcent *lam*.

MUHENNA.

Muhenna-Abou-Saïd (scheikh) fut un des plus illustres soutiens de la secte des *Ssoufis*. Les princes mêmes se faisaient un devoir de le visiter et le comblèrent à l'envie, d'honneurs et de présens : il passa une grande partie de sa vie dans les pratiques les plus austères de la religion et forma des élèves dignes de lui. Ses productions toutes du genre mystique se distinguent de celles d'Attar par l'élégance et la pureté de sa versification ; en voici deux extraits :

« Le guerrier qui verse son sang pour la cause sacrée de la religion en combattant contre les infidèles, ne sait pas que le martyr de l'amour divin l'emporte de beaucoup sur lui en mérite : au grand jour de la résurrection quelle différence ne mettra-t-on pas entre ces deux individus, puisque celui-ci aura reçu la mort de la main de son bien-aimé et l'autre de celle de son ennemi!... Seigneur! tu es un astre resplendissant qui éclaire et embellit l'univers. Les créatures aspirent nuit et jour à ta possession! Que je suis à plaindre si tu me traites moins favorablement que les autres! et que nous sommes tous malheureux si tu traites les autres comme moi! »

Abou-Saïd-Muhenna était contemporain du fameux Aboucina (Avicène). Ce philosophe croyant l'embarrasser lui fit un jour cette question : « On dit qu'il n'y a que Dieu seul et rien autre ; or s'il n'y a rien hors de lui ; où peut-il donc se trouver ? Le cheikh répondit : « Dieu n'a pas de lieu fixe : il est partout : veux-tu que je m'explique d'une manière plus palpable ? Commence par me dire toimême dans quelle partie de ton corps réside l'âme qui fait de toi un être vivant et raisonnable ? »

NAOI.

Naqi-Ali (scheikh), poète peu connu dont le nom ne serait pas resté dans l'oubli s'il n'eut préféré les douceurs d'une vie retirée, au fracas du grand monde qu'il fuyait autant par goût que par timidité; il a laissé quelques pièces fugitives, dont nous n'avons pu recueillir que ce seul fragment :

« Cette beauté superbe a si bien profité des leçons du maître sévère qui forma sa jeunesse, qu'elle méconnait le pouvoir de l'amour et en dédaigne les charmes : c'est par pure fantaisie et comme pour se divertir qu'elle tolère les hommages de ses adorateurs. La cruelle ne caresse l'oiseau de mon cœur que parcequ'il lui sert d'appaux pour en attirer d'autres dans ses rets. Pauvre amant ne gémis pas de voir tes rivaux attroupés à la porte de celle que tu adores! est-il possible que le rosier du jardin appartienne exclusivement à un seul rossignol.... O mort! le jour fatal de la séparation est arrivé; qui prendra part à ma douleur? plus de consolation pour moi si je naquis pour périr victime de l'amour, hâte-toi de trancher le fil de ma vie, il en est bien tems! Elle admet près d'elle mon rival et veut que je me taise! C'est comme si le portier d'une maison, ne devait pas crier au voleur en voyant un étranger s'y glisser furtivement! Nous faisons mal tous deux ma divine maîtresse, moi de me plaindre de tes rigueurs, toi de ne pas y mettre un terme. Tu m'ordonnes de m'éloigner de toi : enfreindre tes volontés c'est être coupable; m'y soumettre c'est aller à la mort ».

NASRI.

Nasri-Traboulsi, né de parens honnêtes à Alep en 1789. Jeune homme du rit grec catholique, qui s'est distingué par ses progrès étonnans dans la carrière des belles lettres. Dès son enfance il s'était senti du goût pour la poésie arabe; et c'est en s'y livrant tout entier qu'il est parvenu à attacher une palme glorieuse à ses talens et à sa capacité : aussi doit-on le regarder comme un prodige de mémoire et d'érudition. Il jouissait de l'estime de ses compatriotes ainsi que de la bienveillante approbation des *ulémas* ou savans du pays qui, malgré leur fanatisme religieux l'accueillaient avec empressement, et le traitaient avec des égards qu'ils n'ont pas coutume d'accorder aux chrétiens. Nasri a fait ses études sous *Scheikh-Haschem*, un des membres les plus distingués de ce corps. Ce scheikh ayant d'abord refusé de le recevoir à son école, le jeune aspirant après avoir inutilement tenté tous les

moyens de se le rendre favorable, s'avisa de lui
adresser la pièce suivante qui le surprit si agréable-
ment qu'il n'hésita plus dès-lors à l'adopter pour
disciple :

« Quand j'ai appris par les rapports consécutifs
de plusieurs personnages illustres que l'éloquence
tout entière résidait dans la personne de *Haschem*,
je me suis hâté de descendre de ma chamelle et de
jetter mon bâton par terre, espérant qu'il voudrait
bien m'agréer ne fut-ce qu'à titre de serviteur. S'il
daigne écouter favorablement ma prière, tous mes
vœux seront comblés ; et si j'en suis repoussé, je
n'aurai qu'à m'en prendre à mon mauvais sort ».

Voici la réponse du scheikh :

« J'ai respiré le délicieux parfum des vers que
vous m'avez adressés. Vos pareils ne peuvent qu'être
accueillis avec intérêt et traités en collègues et non
en serviteurs. Venez donc ; car vous m'avez inspiré
tout l'attachement que mérite un ami estimable ».

Plusieurs *qassidés* et autres pièces fugitives dont
nous avons le recueil entre les mains sont les fruits
de la muse précoce et élégante de Nasri. Les deux
extraits que nous allons en offrir au lecteur, jus-
tifieront, nous osons l'espérer, l'éloge que nous
nous sommes plûs à prodiguer à leur intéressant auteur :

Ode arabe composée à l'occasion de la naissance du Roi de Rome.

« La renommée a fait entendre sa voix pour célébrer un grand événement! L'univers a tressailli d'allégresse; les habitans des bocages ont rempli les airs de leurs chants harmonieux, la joie et le bonheur se sont répandus sur toute la surface du globe : les nuits ont pris la sérénité et l'éclat des plus beaux jours. Les peuples au comble de leurs souhaits en apprenant la naissance d'un prince, se sont soudain prosternés avec respect, comme si un nouvel astre eut tout-à-coup brillé à leurs yeux. Investi, dès le berceau, de la puissante souveraineté, au faîte des grandeurs et de la célébrité, cet enfant auguste est déjà au rang des têtes couronnées. C'est le tendre rejeton d'une souche glorieuse, fils d'un grand monarque qui commande au monde entier, et sous les lois duquel, les nations vivent à l'abri de toute oppression ! Monarque juste et victorieux qui remplit la terre du bruit de ses hauts faits : son intrépidité et sa grandeur d'âme le rendent pareil au lion belliqueux............. Prince à qui toutes les nations rendent des hommages unanimes de respect et de soumission, et dont la volonté semble régler les arrêts du destin, sois à jamais couvert de gloire; car la main du Tout-Puissant en te comblant de faveurs t'a élevé au-dessus de tous les potentats! Ceux qui ont désavoué ton rang suprême, se sont attirés ta juste indignation; et leur défaite a été irréparable. A l'approche de tes invincibles phalanges, ils ont été frappés de consternation et de terreur, et se sont hâtés de chercher leur salut dans la fuite; mais tu les as atteints à la tête d'une armée de braves, tous au cœur de lion et doués d'une rare et héroïque intrépidité; armée que les hiérarchies célestes secondaient de leurs puissans efforts : la gloire du succès appartenait tout entière à tes armes. La honte et la destruction ont été le partage de tes ennemis qui pleurent amèrement leur désastre! Leurs yeux se sont couverts d'un nuage épais, quand ils t'on vû parvenir à l'empire du monde. Après de si glorieux exploits qui t'ont assujéti tant de peuples et de royaumes divers, adieu l'indépendance de l'Égypte et des autres contrées lointaines! Dussent, même, les habitans, pour échapper à ton sceptre, se choisir un asile dans la région des astres, tu sauras toujours les atteindre, et ils perdront avec la liberté l'espoir de fléchir ta colère; mais si par un excès de clémence et de bonté, tu daignes pardonner à leur coupable opiniâtreté, c'est alors qu'ils pourront compter sur une existence certaine et exempte de calamité : tu fais vivre ou mourir les humains selon que tu les menaces de ta colère, ou que tu leur témoignes ta satisfaction : l'on dirait que leur sort est entre tes mains. La prospérité et l'abondance règnent là où l'on obéit à tes lois. La stérilité et la misère accablent les contrées qui se sont rendues indignes de tes regards paternels. Ah ! poursuis ta noble carrière sans jamais t'arrêter nulle part! L'astre qui circule autour du centre de l'univers pourrait-il demeurer longtems stationnaire à la même place ? La victoire agite sans cesse tes drapeaux de son souffle propice : l'éclat de ta grandeur est inaltérable et sans nuages. La fidélité est devenue ton esclave et les destinées du monde sont soumises à ton choix. La naissance d'un successeur digne de toi, que Phœbé salue avec respect, a mis le sceau à ton bonheur : puissent, les années de cet auguste enfant être de longue durée ; et puisse-t-il lui-même, en te comblant de satisfaction et de joie perpétuer la gloire de ton nom ! Souffres grand roi que je réclame ton indulgence en faveur de ma muse timide et défaillante : elle s'est trouvée embarrassée et interdite en essayant de chanter tes actions héroïques..... Quand j'ai vu les poètes accourir à ta capitale pour t'offrir le tribut unanime de leurs félicitations et de leurs louanges, je me suis senti enflammé d'émulation. Mais l'obscurité de mon nom ne m'a pas permis de marcher sur leurs traces ; alors j'ai donné l'essor à mes faibles vers : daigne donc en agréer l'hommage avec bonté : ce sont des joyaux que j'ose répandre à tes pieds : puissent-ils en marquant cette époque mémorable et tant que les hôtes des bois feront entendre leurs mélodieux concerts, servir d'ornement au collier de ta grandeur ! »(a)

(a) Les lettres qui composent le dernier vers arabe du texte, évalués d'après la supputation ordinaire de l'*abjadié* donnent la date de l'événement qui fait le sujet de la pièce, c'est-à-dire l'année 1811.

Inscription arabe faite par le même pour un médailler.

« Enfans du monde éveillez-vous ! Les siècles vous parlent, profitez de leurs leçons car après les avoir entendues, il ne vous restera plus de prétexte pour demander excuse ! Ne voyez-vous pas que ceux qui ont commandé à l'Orient et à l'Occident et dont la puissance semblait vouloir s'étendre au-delà des bornes du monde, occupent aujourd'hui l'espace étroit du tombeau ? Où sont ces monarques redoutables que les peuples adoraient en tremblant et à qui la victoire même 'obéissait ? Ces sages éloquens qui par leurs sublimes connaissances s'étaient rendus supérieurs aux autres hommes, et dont les belles paroles ternissaient l'éclat des perles les plus précieuses ? Ils n'existent plus ! Quelques médailles antiques couvertes de rouille, voilà ce qu'ils nous ont laissé de leur grandeur passée ! O que la destinée humaine est à plaindre ! Les métaux, ces corps vils et inanimés, survivent aux torrents des âges, et nous seuls sommes condamnés à périr sous la faux du trépas ! Heureux celui qui a constamment marché dans le droit sentier, et qui a rendu le dernier soupir au sein de la vertu ! »

NEWADJI.

Newadji (Schemseddin-il), né en Égypte vers l'an 800 de l'hégire ; avantageusement connu par son *Hhulbet-el-Kuméit;* ouvrage mêlé de prose et de vers qui traite du vin et des plaisirs de la table, en vingt-cinq chapitres dont le dernier est une rétractation fort ingénieuse de tout ce que l'auteur a dit en faveur de la vie déréglée. Un poète arabe en citant ce livre s'est exprimé ainsi : « Ah ! je serais vraiment étonné d'apprendre que quelqu'un l'ait lu sans prendre du goût pour l'ivrognerie ». On a encore de Newadji un recueil d'odes galantes dans l'une desquelles il dit à sa maîtresse :

« Quand j'avais le bonheur de t'approcher et de jouir du charme de ta conversation, mes oreilles se trouvaient remplies de perles précieuses (de paroles agréables et consolantes); aujourd'hui que je suis loin de toi, ces mêmes perles me ressortent par les yeux transformées en grains de corail (en larmes de sang). »

NEZHAMI.

Nezhami (Djemal-Eddin-Youssef-ben-Medyd-el-Kendji), poète persan, né à Samarkand en 532 de l'hégire, mourut d'après Hadj-Khalfa, bibliographe arabe, en 597. Il composa plusieurs poèmes relatifs à l'ancienne histoire de Perse.

Description du printems par Nezhami.

« Semblable à ce jus délicieux et propice qui enlève la paleur des joues, l'officieux printems a écarté la couleur de l'automne qui défigurait la prairie; la surface de la terre s'est tellement reverdie qu'il semble que les nuages l'aient inondée d'une pluie d'émeraudes; et les fertiles collines comme de tendres mères qui nourrissent leurs enfants, ont réuni sur leur sein incliné leurs nourrissons les jeunes tulipes attroupées. Mais la terre s'est-elle donc abreuvée de vin, pour nous découvrir ses secrets? nous aurait-elle préparé dans son ivresse des berceaux de roses et de tubéreuses? déjà l'on entend les plaintifs accens du rossignol, les téméraires nymphes pour vouloir cueillir les fleurs se blessent leurs doigts délicats et teignent de leur sang l'onde diaphane qui gémit de cet attentat. Déjà des colonnes odoriférantes de poussière que le zéphyr élève, se transportent de côté et d'autre, s'entremêlent aux arbres, et croisent le passage de ceux qui foulent le gazon émaillé : Déjà l'on voit l'écolier indocile secouer le joug qui le retient, et se perdre dans les jardins au milieu des ris et des jeux; tandis que le maître poursuit l'enfant échappé, avec une baguette flexible que le renouvellement de l'ondée rend inutile et impuissante entre ses cruelles mains ».

On a aussi de Nezhami cinq poèmes très estimés et qui sont intitulés :

1. L'*Akbal-Namé* ou épitre du bonheur, qui contient les principes de la philosophie mystique des *Ssoufis*;

2. Les amours de *Khosrow* et *Schirine*;

3. Ceux de *Leilé* et *Medjnoun*;

4. Le *Haft-Gonbed* ou les séances alternatives de *Behram-Gour* roi de Perse dans ses sept salons;

5. Le *Skender-Namé* ou histoire des expéditions d'Alexandre, suivie de ses conférences avec les philosophes de la Grèce;

6. *Haft-Seigher* ou les sept fontaines; c'est le nom d'un roman persan composé en vers.

7. *Makhzen-el-Asrar*, magasin des mystères, poème sacré.

Voici comment Nezhami raconte dans un des épisodes de son poème, *Skender-Namé*, le voyage de ce monarque conquérant au *Zhoulémat* et la découverte que *Khezr* y fit de l'*Ab-Zendegani*: (43)

« Skender célébrait par un magnifique banquet, la victoire qu'il venait de remporter sur les peuples hyperboréens. Les convives animés d'une joie franche et cordiale, s'entretenaient de choses amusantes et instructives, racontant à l'envie ce qu'ils avaient vu de plus remarquable dans le cours de leurs voyages. L'un parlait des richesses du *Khoraçan* et du *Ghawr*, l'autre vantait le séjour d'*Ispahan* et de *Réy*; celui-ci faisait l'éloge du pays de *Caschemir* et de ses habitants, celui-là enfin voulait que l'*Indostan* fut le premier empire du monde. Au milieu de ce conflit de sentimens et de propos divers nés de l'effervescence des esprits échauffés par les vapeurs du vin, un vénérable vieillard qui n'avait pas encore ouvert la bouche prit la parole et cita l'*Ab-zendegani* du *Zhoulemat* comme la plus grande merveille du monde. L'ambitieux *Skender* né pour concevoir et exécuter de hauts et difficiles projets, fut singulièrement frappé de ce qu'il venait d'entendre, et résolut dès-lors de tenter une expédition dans la contrée inconnue qui renfermait cette fontaine admirable. Soudain, il part des confins de la Russie, à la tête d'une armée considérable. *Khezr*, son ministre favori l'accompagne et aspire à la gloire de partager avec lui les nouveaux périls qu'il va affronter. Au bout de deux mois de marche, et après avoir surmonté mille obstacles sans cesse renaissans, le roi arrive enfin sur les lieux qu'on lui a indiqués, et où le soleil n'a jamais dardé ses rayons. Les troupes accablées de fatigues et enchaînées par la crainte du danger, n'osent aller plus loin : elles s'arrêtent sur la ligne de démarcation qui sépare le jour de la nuit. L'intrépide *Skender* l'a franchie cependant; il marche seul soutenu par son courage, l'incertitude dans l'esprit, et une épaisse obscurité devant les yeux. Khezr dont l'audace égale le dévouement envers un maître qui l'estime et le chérit se précipite sur ses pas : il aperçoit le premier *la fontaine de vie* qui brille dans les ténèbres comme un flocon de diamans liquides; il s'incline sur ses bords et acquiert, en s'y désaltérant, l'immortalité. Il veut en même tems appeler le héros qui a continué sa marche aventurée ; il ne fait que se relever, et perd de vue l'onde enchantée : en vain il se retourne de tous côtés il ne la voit plus ; elle a disparu pour toujours à ses regards inquiets. C'est alors que *Skender* déçu de son espoir reconnaît que le destin lui a refusé la faveur à laquelle il aspirait pour l'accorder exclusivement à son ministre; il y renonce sans murmurer, et revient rendre le calme à ses légions alarmées ».

C'est ainsi, ajoute Nezhami « que la fortune fuit quand on veut saisir le pan de sa robe flottante : elle échappe aux désirs de l'homme qui la poursuit, et va se jeter brusquement à la tête de celui qui ne pense pas à elle ».

Nezhami a dit en parlant des jouissances de ce monde :

« Heureux celui qui est convaincu que le tems de notre existence n'est qu'un répis que Dieu nous accorde dans ce *Dunia* (44). Ne dressez point en ce monde des tentes qui soient attachées à des piquets, et ne vous chargez point inutilement d'un bagage qu'il faut toujours tenir emballé pour partir au premier chant du *hodat* (45).

NOWAS.

Nowas-Abou ou Abou-Ali-el-Hassan, poète arabe qui se distingua à la cour du célèbre khalife *Haroun-el-Reschid* par les grâces de son esprit. Né à Bassora en 145 de l'hégire et mort en 195. Son *Diwan* qui contient des panégyriques de divers personnages, des satires et des odes amoureuses, est très estimé.

OLA-ABOU-L'.

Ola-Abou-l', surnommé *Ustad-il-Schoâra,* c'est-à-dire le maître des poètes parce qu'il fut celui de Khaqani et de Féléki. D'Herbelot l'a confondu avec Abou-l'-Ola fameux poète arabe natif de Moârrat en Syrie dont nous parlerons ci-après, lequel peut être placé comme lui au rang des plus beaux génies de l'Orient. Il eut pour patrie la ville de Guendjé et pour résidence ordinaire la cour de Djelal-Eddin-Manoudjehr-Schah prince héréditaire de Schirwan qui descendait des anciens monarques persans de la dynastie Sassanide : ce sultan ami et protecteur des lettres l'avait pris en affection, et il célébra par reconnaissance ses bienfaits dans de très beaux poèmes qui nous restent de lui. Quel éloge flatteur n'en fait-il pas dans cette ode :

« Ta main ne s'étend jamais que pour répandre les dons les plus précieux, excepté lorsqu'elle reçoit de celle de l'échanson le rouge-bord éclatant : aucun être de la création ne saurait se plaindre de toi hormis le *qalem* (a) à qui tu coupes la tête malgré son innocence... Tes jugemens ne sont ni légers ni présomptueux. Tu es juste sans partialité, savant sans affectation, généreux sans hypocrisie ».

On sait que les poètes orientaux en général n'aiment guère à laisser aux autres le soin de les préconiser, et qu'en s'en acquittant eux-mêmes avec une extrême complaisance, ils le font toujours aux dépends de leurs devanciers et surtout de leurs rivaux contemporains. Abou-l'-Ola a poussé un peu trop loin cette licence consacrée en quelque sorte par l'usage : aussi dans une épitre à Khaqani qui de son disciple était devenu son gendre, s'écrie-t-il d'un ton emphatique :

« Ma muse est une nue lumineuse qui renferme l'éclair du génie, la pluie de la fécondité et la foudre de l'éloquence ; mon nom retentit partout : la ville de Guendjé peut se glorifier de m'avoir vu naître : il siérait bien aux hommes que la nature a favorisés de ses dons, de marcher sur mes traces : je les conduirai dans le chemin de la célébrité... Je suis le roi des poètes : le grand Emadi m'a légué sa gloire. »

Outre un recueil de *qassidés* et de *ghazels* on a encore d'Abou-l'-Ola quelques pièces fugitives dans le genre badin et une satyre virulente contre le même Khaqani qui malgré les grandes obligations

(a) Nous avons dit déjà que le *qalem* est le roseau dont les orientaux se servent ordinairement pour écrire.

qu'il lui devait, s'était permis de le défier dans la lice poétique.

OLA-ABOU-L'.

Ola-Abou-l' (Ahmed) de la tribu de Terroukh, né à Moârrat-el-Nâaman dans le département de Damas, en 363 de l'hégire, mort à l'âge de 45 ans. Les musulmans qui le regardent comme l'homme le plus immoral de son siècle, le mettent cependant au nombre des poètes célèbres de l'Arabie. Un voyage qu'il fit à Baghdad lui valut l'estime et la considération des savans de cette ville ; il y composa ses plus belles pièces d'éloquence, et s'y acquit plusieurs disciples illustres ; il a laissé deux *Diwans* très recherchés qui font encore aujourd'hui les délices des amateurs de la bonne poésie ; en voici un fragment que nous prenons au hasard :

« Veut-on connaitre les vertus que je mets en pratique dans le chemin de la gloire? ce sont la continence, l'énergie, la fermeté et la générosité : les nations m'accusent d'être plein de défauts ; mais je n'en ai d'autres que la noblesse des sentimens, et la sagesse. Ma réputation est répandue dans tous les pays : pourrait-on intercepter les rayons d'un astre qui brille d'un éclat parfait et inaltérable? Quoique je sois le dernier rejeton d'un siècle fécond en grands hommes, je ferai cependant des choses dont mes devanciers n'ont jamais été capables, si le mérite personnel consiste à étaler des dehors magnifiques et imposans, il ne faut donc plus considérer dans le sabre que le fourreau et le baudrier, et non la lame qui en est la partie la plus essentielle! mes rares talens et mon éloquence m'assurent une place dans les constellations qui servent de demeure à l'astre des nuits, et sont par là même incompatibles avec le séjour que je fais ici-bas. Mais quand j'ai vu l'ignorance se propager sur la terre et gagner tous les esprits, je me suis fait moi-même ignorant afin que l'on dise: il est comme les autres.... O combien de gens ineptes qui aspirent au titre pompeux de philosophe, et de bel esprit, tandis que les véritables savans sont méprisés, et en butte aux traits de la médisance et de l'envie! s'il faut désormais que les ténèbres de la nuit prévalent sur la lumière du jour, que le globe terrestre ose par un excès d'imprudence rivaliser avec la sphère des cieux, et qu'enfin les cailloux des plaines incultes soient mis au rang des étoiles, alors en me livrant à toute mon indignation je m'écrierai:

« Hâte toi, ô parque sanguinaire, de frapper tes victimes, car la vie humaine n'est plus qu'un tissu de misère et d'humiliations! Et toi mon âme prends un essor généreux, et ne regrette point de rompre les liens qui t'attachent à ce monde mensonger et frivole! mais, me diras-tu, le ciel t'a favorisé de ses dons précieux, pourquoi te décourager et craindre les regards menaçants des tribus orgueilleuses et malveillantes? si tu souhaites de couler des jours heureux au sein du repos et de la quiétude, saches en bornant tes désirs, te contenter d'un état médiocre, car tout ce qui est extrême touche à sa fin. C'est ainsi que la lune jette en naissant une lueur faible et incertaine, et que parvenue ensuite à son dernier degré d'accroissement, elle commence dès-lors à décliner et fiinit par disparaître à nos yeux ».

OLLAH-AÇAD.

Ollah-Açad (Mirza), né à Tebriz. L'*ateschkédé* ne contient de lui qu'un seul extrait que nous laissons au rebut pour ne pas fatiguer inutilement l'attention du lecteur. En nous appliquant à former le présent recueil, nous nous sommes imposé la loi de n'y insérer que les fleurs les moins communes du jardin des muses orientales ; c'est pourquoi nous avons cru devoir rejeter souvent celles qu'à accueillies pour le sien Hadj-Lotfali-Beg dont les choix ne sont pas toujours heureux.

OUSOULI.

Ousouli. Ce poète turc né à Yénidjé avait habité quelques tems l'Égypte, où il s'était attaché à la personne du scheikh Ibrahim-Gulchem. Après la mort de ce savant, il retourna en Romélie et mourut dans la ville même qui l'avait vu naître. Voici quelques pensées détachées tirées de ses poésies :

« Combien de travaux ne faut-il pas à un savant pour atteindre le plus haut degré du mérite? Ce n'est qu'après s'être longtems engraissée du sang des hommes que la terre enfante une pierre précieuse ».

« Ne place point dans ton cœur l'image d'une créature ; d'un sanctuaire sacré, ne fais point un temple d'idole ».

« Tu n'as pas le plus léger défaut, ta beauté ne craint point de rivale : quel dommage que tu ne puisses te fixer nulle part, non plus que l'astre brillant du jour ? »

PÉNAHI.

Pénahi, poète persan qui florissait vers le dixième siècle de l'hégire. Il était favori de Mawar-Alnarl. Auteur d'un poème intitulé *Bherouz* et de quelques *Ghazels* estimés.

OAÇEM-ABOU-L'.

acem-Abou-l', né à Fenderesk, bourgade du district d'Estérabad dans le Mazenderan. Il fut un des plus grands génies qu'ait produits le dix-septième siècle de notre ère. La Perse et l'Indostan retentirent de son nom, les souverains respectifs de ces deux empires s'étaient disputé l'avantage de le posséder à leurs cours; mais son extrême modestie et le peu de cas qu'il faisait des hommes du monde, ne lui permirent pas de se rendre aux désirs empressés de ces princes; il aima mieux persévérer jusqu'à sa mort, arrivée sous le règne de Schah-Sséfi, dans l'heureuse médiocrité d'une vie tranquille et à l'abri de l'orage des passions. On a de lui plusieurs ouvrages sur les sciences mystiques, et sur la philosophie morale, tous écrits d'un style élevé pur et moëlleux : il cultiva aussi les muses, et l'on trouve dans ses vers les mêmes traits d'éloquence, de force et de chaleur qui caractérisent ses écrits prosaïques : en voici quelques fragmens :

« Les cieux et tout ce qu'ils enserrent, forment un brillant et magnifique tableau qui se réfléchit ici bas (a). Si à l'aide de l'échelle de l'intelligence cette image terrestre pouvait se transporter jusque dans la région supérieure, on lui trouverait une parfaite ressemblance avec l'original, mais il n'est pas donné à tous les hommes de tenter avec succès un pareil effort! Que d'Abou-Nassr et d'Abou-Cina y ont échoué (b)... L'homme est un frêle navire qui flotte sur le vaste Océan de l'univers; l'intelligence en est le gouvernail; mais le courant rapide des passions l'entraîne souvent loin du port de la divinité, et l'expose ainsi aux dangers du gouffre de la perdition!...

QAÇEM-EL-FAREDH.

Qaçem-el-Faredh, célèbre poète arabe né au Caire en 580 de l'hégire, sous le khalifat de Nassr-Eddin-Abassi, mourut en 644. On a de lui 600 distiques qu'il composa sur les devoirs des *Fakirs* (47).

(a) Suivant les *Ssoufis* le monde matériel n'est que l'image du monde intellectuel.
(b) Le premier surnommé *el-Farabi*, du nom de sa ville natale est renommé chez les Musulmans par son génie philosophique, aussi lui donne-t-on le titre d'*Akbar-Felassefak-el-Messelmin : le plus grand philosophe des Musulmans. — Le deuxième est le fameux Avicène auquel nous avons consacré un article particulier dans ce recueil.

QAHHTTARI.

Qahhttari (Ali-ben-el-), poète arabe , né en Égypte , perdit la vue dès l'âge le plus tendre , et mourut vers l'an 448 de l'hégire emportant les regrets de ses amis, et laissant à la postérité dans ses poésies agréables, un monument du génie heureux et facile qui y avait présidé. On cite de lui le quatrain suivant qu'il adressa à Môtâmed-ebn-Abbad sultan d'Espagne qui lui avait fait les propositions les plus brillantes pour l'attirer à sa cour :

« Tu m'invites seigneur à traverser la mer pour me rendre auprès de toi, mais tu n'es pas *Noé* pour me recevoir dans ton arche ; et moi je ne puis , comme le *Christ*, marcher sur les eaux ! Je reste donc à ma place, et te prie d'excuser ma désobéissance à tes ordres ».

On voit que Qahhttari redoutait les dangers de la navigation.

QUIRATI.

Quirati (*a*) (Béha-Eddin-el), poète arabe, florissait en Égypte au septième siècle de l'hégire. Il a
laissé quelques pièces fugitives qui roulent sur
des sujets agréables et moraux, et dans l'une desquelles nous avons remarqué les passages suivans :

« .... J'avais perdu dans cette nuit obscure la trace du chemin
qui conduit à la taverne; mais l'odeur du vin m'y ramena bientôt.
Je m'étais déjà délecté en savourant de loin cette odeur agréable :
arrivé sur les lieux elle acheva de m'enivrer.... Soudain je vis
couler dans le cristal les flots écumeux de la boisson vivifiante,
je m'en abreuvai à longs traits; j'y trempai mes mains, j'entendis
chanter des couplets à sa louange, c'est ainsi que j'usai de
mes cinq sens à la fois : ma jouissance fut complète.... La leur était
déjà sur l'horison mais elle ne se montrait encore qu'indécise et dé-
colorée sous le crêpe mobile des nuagas, semblable à l'image d'une
belle vaguement refléchie par la glace qu'elle consulte à travers
la vapeur légère qu'y déposent ses tendres et amoureux soupirs....
O mes amis! m'écriai-je les accens plaintifs du rossignol ont précédé les pieux cantiques du *Molla* (46) du jour : faut-il donc que

(*a*) Surnom qui dérive de *qirat* (c'est le karat, poids usité dans la bijouterie); il fut
dit-on donné à ce poète par allusion à la grande régularité qui règne dans sa versification.

notre lyre reste muette, hatez vous donc de prendre la hauteur du soleil (avec l'astrolabe du contentement) sur les bords des tasses brillantes, et vous verrez qu'il [est tems d'entonner l'hymne de l'amour!.... Dis nous Échanson, te reste-t-il de ce vin capiteux d'hier? ah! donne m'en vite une rasade, car je veux faire divorce avec la raison!....

ROUNI.

Rouni-Abou-l'-Faradj, naquit à Rouné ville du Descht-Khaweran d'où lui vient son surnom. Il fut le favori intime du sultan Zhohair-Eddin-Ibrahim de la race des Ghaznewides qui le combla de distinctions et de faveurs et dont il chanta par reconnaissance les hautes et brillantes vertus. Hadji-Lotfali-Beg dont les jugemens ne sont pas toujours dictés par la raison et le bon goût, en admirant les productions de sa muse, le met sans trop hésiter sur la même ligne que l'illustre Anwéri qu'il dit lui avoir souvent emprunté de beaux détails poétiques. Cependant malgré cet éloge solennel nous n'avons trouvé dans les extraits qu'il en donne que des pensées communes et revêtues du faux brillant de l'expression : on se convaincra par ceux-ci de ce que nous venons d'en dire :

« .... A l'ombre de sa justice, sous l'empire de ses lois protectrices, l'avide vautour n'oserait fondre sur le faible passereau, ni le loup cruel déchirer la timide brebis... La pluie de sa sagesse a éteint le feu des dissenssions civiles : le souffle de la victoire anime le lion de ses étendarts (a). La grande roue du firmament ne tourne plus de travers ; elle suit une ligne droite comme un cyprès, depuis que de son bras puissant il a tendu l'arc de l'équité... La lame de son sabre acquiert une trempe plus fine en versant le sang des ennemis de l'État. On dirait que l'abeille du *Ghawr* (48) se nourrit du miel de son naturel bienfaisant, et que l'antilope du *Khoten* (49) broute les fleurs du parterre de sa libéralité... Sa pieuse surveillance a fait de la religion une forteresse imprenable : la monarchie s'engraisse à la porte de son palais... Le lionceau apprend dès sa naissance à le craindre, et contracte l'habitude de retirer ses griffes en l'entendant nommer... Je veux me diriger vers les lieux qu'habite celle que j'adore : mes larmes ont formé autour de moi de larges torrens qui me ferment le passage... Mon âme est comme un oiseau qui a perdu ses ailes, mon corps ne ressemble plus qu'à une tente abattue dont on a coupé les cordages... Ami ! ne t'arrête pas là où tu es devenu un objet de mépris : hâte-toi de te retirer ailleurs ! Si l'arbre pouvait se transporter d'un lieu à un autre, il ne se trouverait pas exposé aux atteintes cruelles de la scie et de la coignée ! »

(a) Le lion symbole du courage et de la force faisait partie des anciennes armes de la monarchie persane : il était figuré sur les bannières royales.

SAADI.

Saâdi (Mosslehh-Eddin), c'est-à-dire celui qui veut le bien de la religion. Poète et philosophe persan né à Schiraz, florissait au tems d'Aboubekr-Saâd-ben-Zengui prince de la famille des Atabeks du Farsistan. On lui donna le surnom sous lequel il est généralement connu parce qu'il mérita l'estime et la bienveillance de ce prince digne protecteur des sciences et des lettres. Il passa, disent les biographes nationaux, trente ans de sa vie à étudier, trente autres à voyager et autant à méditer et écrire dans la retraite : j'ai, dit-il dans l'un de ses ouvrages, passé beaucoup d'années à parcourir le monde ; j'ai vécu avec toutes sortes de gens ; il n'est point de coin de la terre d'où je n'aye tiré quelque profit ; j'ai dérobé un épi à chaque gerbe. Il parcourut presque toutes les contrées musulmanes et accomplit quatorze fois le pélerinage de la Mecque. Il tomba dans sa jeunesse entre les mains des croisés qui l'employèrent à charrier des matériaux pour les fortifications de Tripoli, et fut racheté par un marchand d'Alep qui lui fit épouser sa fille dont l'humeur acariâtre et hautaine lui donna plus d'une fois lieu de regretter sa captivité; sur la fin de ses jours, retiré dans un humble hermitage près des murs de Schiraz, il reçut les visites et les dons des personnages les plus distingués par leur rang. Il mourut l'an 691 de l'hégire après avoir été dans le siècle qui le posséda l'objet d'une admiration générale que la postérité n'a pas manqué de partager. Ses ouvrages dont le recueil est entre les mains de tout le monde consistent en deux traités de philosophie morale (*le Gulistan et le Boustan*) pleins de traits d'esprit, de sentences admirables, et d'anecdotes piquantes en *Ghazels, Qassaieds, Molemmâat, Hedjouiat, Rebaïyat,* etc. etc. (*a*) Saâdi appartenait à la secte des *Ssoufis :* aussi la plupart de ses écrits portent-ils l'empreinte des idées religieuses et mystiques qui caractérisent la croyance de ces docteurs illuminés; la trempe de son génie le portait toujours au genre didactique. Il était plutôt fait pour combattre les passions que pour

---

(*a*) Il est d'usage chez les auteurs orientaux de commencer toujours leurs écrits par des louanges à Dieu; aussi il est difficile de mieux dépeindre la grandeur de l'Être suprème que ne l'ont fait *Jami, Nézhami* et surtout *Saâdi* dans la préface de son *Gulistan.* Ce qui y est dit de la majesté divine ne saurait être rendu avec la même énergie et la même concision dans notre langue :

« Si les eaux de la mer, y est-il dit, se coloraient en noir pour décrire sur les feuilles des arbres, les louanges du Seigneur, les unes et les autres seraient épuisées avant qu'on eut célébré ses merveilles.

les peindre. Le *Boustan* et le *Gulistan* sont deux monumens où le génie se trouve d'accord avec le zèle. Ils offrent des traits que le seul pinceau de *Jami* a pu égaler. Il sème des fleurs sur les passages les plus arides, et jamais la clarté du précepte n'en est obscurcie. On peut dire qu'il se montre l'égal d'Horace et de Catulle quand il peint l'inconstance de la fortune, les plaisirs et les tourmens de l'amour, et que les expressions deviennent aussi sublimes que celles du psalmiste dès qu'il se livre à la contemplation de la Majesté divine. Ses cendres reposent dans le même lieu où il rendit le dernier soupir en 691 de l'hégire, et aucun voyageur ne quitte Schiraz sans aller les honorer d'un souvenir d'estime et de vénération.

SAMI.

Sami (*a*) ou plutôt Sam-Mirza, un des fils de Schah-Ismaïl-Ssefewi roi de Perse, est auteur d'une histoire des poètes persans très estimée, et dont

(*a*) *Sami* signifie en persan et en arabe : noble auguste. *Sam* est le nom d'un des héros du *Schahnamé*.

M. de Sacy a donné l'analyse : ce prince qui était
lui-même poète et philosophe mourut vers le dixième siècle de l'hégire dans la capitale du Khoraçan
dont le gouvernement lui avait été confié par son
père à titre d'apanage. Le lecteur sera, nous
pensons, bien aise de trouver dans l'extrait suivant que nous fournit l'*Ateschkédé* un échantillon
de sa muse :

« Dès qu'une jeune et séduisante beauté se livre à l'impulsion
de son humeur enjouée, l'amant qui l'adore ne peut plus résister
au charme qui l'entraine.... Des conseillers importuns voudraient
m'arracher aux tendres soins de mon amour : les insensés ! ne
voient-ils pas que leurs exhortations sont du vent pour moi ; oui
du vent qui attise encore plus le feu dont je suis embrasé ».

SANDJERI.

Sandjeri-Abou-l'-Faradj. Quelques biographes
le font originaire de Sistan ; mais son surnom
prouve suffisamment qu'il était de Sandjar ville
peu considérable du Khoraçan. Il fut maître du
fameux Anwéri et chanta les louanges de la famille souveraine des Samdjours qui gouvernaient

cette dernière province pour les rois Samanides. Ce poète se trouva en danger de perdre la vie lorsque sultan Mahmoud-Sébektekin qu'il avait osé outrager dans une pièce de vers satyriques envahit tout-à-coup les états de son protecteur Abou-Ali dernier rejeton de la susdite famille, qui périt les armes à la main en défendant vaillamment ses droits. Mahmoud irrité ayant fait arrêter Abou-l'-Faradj voulait le punir du dernier supplice, mais Anwéri son disciple qui jouissait de beaucoup de crédit auprès de ce monarque protecteur des sciencens et des lettres, obtint non-seulement sa grâce mais encore partagea avec lui un présent considérable qu'il venait de recevoir du sultan. L'*Ateschkédé* ne contient qu'un seul de ses quatrains dont voici le sens :

« Dans le siècle où nous vivons, le contentement est devenu aussi difficile à trouver que l'*Inqa*, (5°) les hommes ne semblent plus destinés qu'à s'abreuver de dégoûts et de chagrins. Chacun souffre en proportion de ses forces, nul n'est à l'abri des atteintes de la calamité générale ».

SCHANI.

Schani, de la tribu des Keklous de la Perse; poète peu estimé du siècle des *Ssefewis;* vivait à Hamadan. Voici un morceau que nous tirons de son *Diwan* dont l'abondance des matières ne saurait racheter la monotonie de pensées qui y règne:

« Oh! n'envie point l'immortalité de *Khezr*, et cesse de souhaiter de la stabilité aux choses humaines : fusses tu même un autre *Skender*, garde-toi de courir après l'eau merveilleuse du *Zhoulemat*. Eh quoi! voudrais-tu acquérir le privilège d'une vie sans fin pour être exposé à des misères perpétuelles, puisque tout n'est que contradiction et disgrâce dans ce monde ?

SCHAWQI.

Schawqi (*a*) poète persan que nous ne connaissons que par le distique suivant, qu'on lui attribue généralement :

« Celle que j'idolâtre entretient mes rivaux de ses projets contre moi : la cruelle ne s'aperçoit-elle pas que c'est déjà me donner mille fois la mort que de jeter un seul regard sur eux ? »

SELIM.

Selim, poète persan qui florissait à Téhran. Ayant composé une *Qassidé* à la louange de quelque grand seigneur, et l'idole encensée ne s'étant pas empressée de le faire participer à ses faveurs, il lui adressa les vers suivans :

« En t'offrant un tribut d'éloges j'ai tâché que cet hommage fut digne de toi, je ne me suis trouvé satisfait qu'après avoir énuméré toutes tes vertus; et cependant tu hésites à m'accorder la récompense d'usage! ai-je donc tant tardé moi, à tracer ton panégyrique?

SEIFI.

Seifi (*a*), poète persan, natif de Hérat, floris-

(*a*) Ce surnom dérive de *seif* qui signifie en arabe sabre. Ce poète fut ainsi surnommé par allusion au métier des armes qu'il avait longtems professé.

sait dans le dixième siècle de l'hégire : ses productions ne sont pas dépourvues d'intérêt ; on y
trouve une versification aisée, du naturel et de
la subtilité ; écoutons le :

« Les maux que tu me fais endurer, dit-il à sa belle, sont si
cuisans, que ceux qui s'intéressent à mon sort demandent au ciel
que j'y succombe! quel secours dois-je attendre du médecin qui
me traite, quand le feu de l'amour a pénétré jusque dans la
moëlle de mes os?.... En divulguant mes souffrances, je me suis
fait montrer au doigt comme l'infortuné *Medjnoun*; triste célébrité
qui me pèse! mais de qui ais-je à me plaindre, si ce n'est de ma
langue indiscrète?... ne m'abandonne pas cruelle : l'attachement que
je t'ai voué est à toute épreuve, rien ne peut me faire renoncer
à ta possession; il m'est devenu tellement impossible de vivre
sans penser à toi que je puis dire n'avoir d'autre âme que ton
visage même.... Chaque instant que je passe loin de toi, est une
perte réelle que je fais dans le cercle étroit de mon existence!....

Voici comment ce poète nous peint la fortune
dans une de ses odes morales :

« on se trompe fort quand on la croit aveugle, elle a au contraire bonne vue, quoique monocle, mais le seul œil dont elle est
pourvue se trouve placé au sommet de la tête; en sorte que lors
qu'elle empoigne au hasard l'individu qui rampe à ses pieds elle
est obligée de l'élever jusque par dessus cet œil ponr l'examiner
attentivement, et juger s'il mérite ou non ses faveurs. Dans le
premier cas, elle les lui continue; dans le second, elle le laisse
tomber brusquement à terre; et c'est ce que l'on appelle la chûte
des grands » (1)

_____

(a) On retrouve dans Saâdi et quelques autres auteurs, cette même pensée exprimée
différemment.

SINA.

Sina (Abou-Ali), c'est le fameux *Avicène*, l'Hippocrate et l'Euclide de l'Orient dont les écrits sur la médecine, les mathématiques et la physique ont été traduits et commentés dans presque toutes les langues : quelques historiens le font naître à Balkh, d'autres à Bokhara en 370 de l'hégire. Il fut d'abord médecin et ensuite premier ministre de Medjd-el-Dewlé; et après avoir éprouvé tous les caprices de la fortune et changé souvent de résidences pour se soustraire à la haine de ses envieux, il vint achever à Hamadan le cours de sa vie orageuse, à l'âge de 58 ans. Il aimait la poésie et faisait passablement les vers; on cite de lui ceux-ci sur le vin :

« C'est une liqueur aussi âpre (a), mais non moins salutaire que les conseils d'un père à son fils. L'homme de bon sens ne se fait pas un scrupule d'en boire : l'hypocrite seul la proscrit. La raison en autorise l'usage; la loi ne la défend qu'aux sots ».

(a) Plus le vin est âpre et plus on l'estime en Perse.

SOHAILI.

Sohaili (Émir-Nizham-Eddin) prince d'une des plus grandes tribus du Djakhataï, cultiva les lettres orientales et mourut en 907 de l'hégire. On a de lui deux *Diwans*, l'un en turc l'autre en persan, et un poème sur les amours de *Medjnoun et Leila* dans cette dernière langue. Une facilité verbeuse, qui consiste à enfler les vers par des mots entassés sans goût et sans choix, voilà l'idée que l'on y prend de son style :

« Ne chasse pas dit-il à sa belle, l'amant infortuné qui a le cœur navré de douleur, et dont les forces sont épuisées. Pourquoi lancer contre un pauvre oiseau, privé de ses ailes, le caillou de la persécution ? »

Tel est le sens du premier distique que Hadj-Lotfali-Beg cite de lui. Remarquons que le caillou de la persécution est une des expressions favorites de ce poète médiocre ; or puisqu'il y a tant de cailloux dans ses écrits, on doit croire que celui de 'oubli les a depuis longtems atteints.

SOUZENI.

Souzeni surnom du poète persan Schamseddin-Muhammed qui est souvent appelé Hakim-Souzeni, né à Nekhscheb en 482, mourut à Samarkand en 568. Ce poète d'un esprit vif et agréable aimait beaucoup à faire preuve de talent par des réparties ingénieuses, dans la réunion de ses nombreux amis qui recherchaient sa société malgré son penchant pour la satire.

Il mena pendant longtems une vie très irrégulière, mais il finit par se donner entièrement à la piété et au retour de son pélerinage de la Mecque, continuant à faire pénitence de ses excès, il a voulu en donner un témoignage authentique par un *Diwan* qui contient près de 8000 vers où il employa tout ce qu'il y a de plus pathétique et de plus touchant à pleurer ses péchés.

Le *Defter-Lathaief* (livre de bons mots) de *Lamai* rapporte que le poète *Fadhel* qui était fort laid entrant un jour dans une assemblée de poètes trouva Souzeni qui avait en ce moment le visage

enflammé à la suite d'une discussion avec un de
collégues, et lui demanda la cause d'un tel chan-
gement dans sa physionomie. Souzeni sans se déconcerter lui fit cette réponse en vers improvisés :
« C'est qu'aussitôt que je vous ai aperçu le sou-
» venir de mes péchés m'a causé une extrême con-
» fusion et m'a fait rougir, parce que j'ai craint
» que Dieu pour me punir me fit aussi laid que
» vous ».

Un autre jour un poète buvant avec lui une
certaine boisson très chaude lui dit en plaisantant
« Le *hamim* (51), cette eau souffrée et brûlante
» qu'on te fera bientôt boire dans l'enfer sera
» beaucoup plus chaude ». Souzeni répondit aussitôt : « Je n'aurai alors qu'à lire un de tes vers, et
» elle deviendra aussi froide que glace ».

SSEDRENDJI.

Ssedrendji (Abou-Ali) vivait à Samarkand sous
le règne de sultan Sandjar à la louange duquel il
a composé plusieurs poèmes qui sont presque tous
morts avec lui. Il savait pourtant assez bien tour-

ner une épigramme. Pour consoler un pauvre mari dont la femme était devenue enceinte pendant son absence, il lui envoya une petite pièce de vers qui finit ainsi :

« Pourquoi soupçonner d'infidélité ta chère moitié! ne sais tu pas que les meilleures poules sont celles qui pondent sans la coopération d'un coq? »

SSAFIEDDIN.

Ssafieddin (a) surnommé *El-Hhulli*, de *Hulla* sa ville natale; florissait dans le septième siècle de l'hégire, cultiva avec succès les muses arabes : on a de lui un gros recueil de poésies diverses qui ont mérité le suffrage de leur siècle et celui de la postérité. On raconte qu'ayant trouvé un jour sa maîtresse occupée à plumer un pigeon et tenant entre ses dents le couteau dont elle s'était servie pour l'égorger, il l'apostropha par les vers suivans :

« Toi dont la salive aussi efficace que le nectar céleste, a procuré à ce fer meurtrier une propriété surnaturelle! veux tu opérer un prodige? plonge le de nouveau dans le sein de la victime, et tu la rappelleras à la vie ».

(a) C'est-à-dire celui dont la religion est pure.

SSARR-DURR.

Ssarr-Durr, poète arabe. Son père, homme
d'un esprit borné, riche mais excessivement avare
avait mérité le surnom de *Sarr-Baârr* c'est-à-dire
ramasseur de crottes. On l'appela lui-même *ramasseur de perles* (c'est ce que signifie le sien) par allusion à son éloquence naturelle et à la noblesse
de ses sentimens. Un mauvais plaisant a fait cependant contre lui une épigramme qui finit ainsi :

« Fils dénaturé et ingrat! tu voles ton père, et cela est si vrai
que les vers dont il te plait de nous régaler sentent la crotte! »

On a de lui un *Diwan* d'où nous tirons le morceau suivant :

« La présence de ces êtres diffamés dans le monde, et réprou-
vés par la religion et les lois, blesse mes regards; ils n'ont de
l'homme que la forme extérieure : leur âme est pétrie de bassesse
et de vanité : ils me surpassent en richesses, mais je les éclipse
par mes vertus et mes talens. Insupportables à tous les yeux, les
miens se souillent quand ils viennent à se tourner par hazard vers
eux, et alors pour les purifier je donne un libre cours à mes
larmes! »

TORAB-BEG.

orab-Beg (Abou), nous ne connaissons ni le lieu de sa naissance, ni le tems où il vivait. Le recueil de *Ghefouri* contient quelques-unes de ses pièces fugitives qui portent toutes l'empreinte du vrai talent poétique : on en jugera par les extraits suivans :

« Que mes plaintes et mes soupirs ne t'importunent pas cruelle! Vois comme le rossignol gémit auprès de l'objet de sa flamme, la rose brillante du matin. Depuis que je suis malade de ton amour, la mort comme un médecin compatissant et généreux est venue se fixer à mon chevet : elle seule peut mettre un terme à mes souffrances!... Le printems s'approche , déjà les collines se revêtent de tulipes naissantes : on dirait que ce sont de tendres mères qui allaitent leurs nourrissons chéris... Au lieu d'eau la terre se serait-elle abreuvée de vin , aurait-elle connu l'ivresse pour nous dévoiler comme elle le fait ses secrets, en étalant à nos yeux les trésors qu'elle recèle?... Voyez ces immenses tapis de verdure qui couvrent nos campagnes ! Hélas je n'y trouve plus la trace des pas de mon amante pour pouvoir la suivre clandestinement , et aller la surprendre, comme par le passé, dans ses retraites mystérieuses!... »

UMIDI.

midi né à Constantinople, est compté parmi les meilleurs poètes de la Romélie. On lui a reproché d'avoir été souvent le servile imitateur de *Bâqi-Tchélébi*. Il a cependant composé un recueil de poésies estimées qui lui appartiennent entièrement. Il y a dans ses vers de la grâce et de la fraîcheur d'imagination comme on en jugera par les deux passages suivans :

« Le printems a changé la terre en un tapis de verdure. Le rossignol commence à faire retentir les vallons de ses chants ; l'habitant ailé du parterre voltige de branche en branche, tantôt épris de la rose, tantôt amoureux du bouton ».

« Aimable et charmant échanson, recevoir de ta main la coupe vermeille, c'est cueillir une rose sur une tige pleine de fraîcheur ».

Attaqué de la jaunisse, il fit ces vers pendant sa maladie :

« Le destin a rendu mon corps jaune comme de l'or ; il paraît qu'il veut me dépenser ».

Il mourut en effet peu de tems après, l'an 946 de l'hégire.

WACÉ.

Wacé (Abd-el) surnommé Djébéli (le monta-gnard), parce qu'il était originaire du Daghestan, pays élevé des bords de la mer Caspienne; d'abord cultivateur, puis poète et enfin favori et chantre privilégié des rois. Il fut successivement admis à la cour de Behram-Schah et du sultan Sandjar, deux princes appréciateurs du vrai mérite, qui le com-blèrent à l'envi d'honneurs et de bienfaits. Ses productions couronnées du suffrage de leur siècle n'ont pas été indignes de celui de la postérité. Es-sayons de transporter dans notre langue quelques fragmens de ses *qassaïeds*, ou plutôt tâchons, en traduisant ces extraits, de rapprocher autant que faire se pourra, les nuances disparates de deux idiômes opposés; d'accommoder, dirons-nous, les sentimens et les expressions des Persans au cœur et à l'oreille des Français :

« Je l'ai nommé ce monarque chéri, doué des plus éminentes qualités! Aucun roi ne peut l'égaler en clémence, en sagesse, en somptuosité en bravoure et en puissance. Il ressemble à *Hatem* (52) par les actes de sa générosité; dans les combats c'est un *Rostam*. Il a le souffle du *Messie*, et le ressentiment terrible de *Héydar*. L'arbre de son existence croît à l'ombre du bonheur; la sève de la générosité circule dans ses branches; ses feuilles portent l'empreinte de la gloire, et la bienfaisance en est le fruit..... C'est sous l'ascendant de son étoile que se forment l'or et les pierres précieuses au sein des montagnes, le sucre dans le roseau des plaines et l'ambre gris parmi les vagues de la mer.... La victoire sert de bracelet à son poignet, l'espérance de bague à son doigt, le talent de boucle à son oreille, et la souveraineté de bandeau à son front. Il lui siérait bien d'avoir dans les champs de bataille, le firmament pour coursier, la voie lactée pour écharpe, Saturne pour bouclier et la constellation polaire pour drapeau !... Grand roi! tes guerriers, en s'exerçant à lancer leurs traits redoutables, font trembler dans le ciel le lion et le taureau. Quand, au milieu des combats, ton coursier vient à perdre ses fers dorés, les génies préposés aux signes du zodiaque s'empressent de les ramasser pour s'en faire des pendans d'oreilles, tandis que les *Hhouris* recueillent, comme un collyre précieux, la poussière qui s'élève sous ses pas.... Si quelquefois le globe terrestre éprouve de violentes agitations, c'est qu'il appréhende que les trésors renfermés dans son sein, ne s'épuisent un jour à force de servir d'aliment à ta rare munificence !...(a) Jusqu'à quand, séparé de ma bien aimée, livré au plus affreux désespoir, semblable à la nue orageuse du printems et au luth plaintif du musicien mélancolique, me verra-t-on verser des torrens de larmes et remplir les airs de douloureux accens? Depuis que ces lieux ne brillent plus de l'éclat de sa personne, l'écho seul y répond à mes soupirs : des oiseaux lugubres et des bêtes féroces, voilà les compagnons de ma triste existence! je leur confie mes chagrins; je cherche dans leur société muette un lénitif aux maux que j'endure. Les nuits sont deve-

---

(a) Quelques lecteurs peu accoutumés aux pompeuses métaphores et aux expressions emphatiques des poètes orientaux, pourraient être choqués de ces éloges qui paraissent en effet, aussi ridicules qu'absurdes; mais nous les prions de se souvenir que Virgile lui-même n'a pas été moins prodigue de semblables flatteries envers César, lorsque dans le début des *Géorgiques*, comparant cet empereur au maître des dieux il lui offre pour épouse la fille de Thétis, et veut que la constellation du Scorpion s'écarte avec respect pour faire place à son trône.

nues pour moi aussi longues que la vie de l'aigle et les jours aussi noirs et sinistres que son plumage ! Mes yeux se remplissent de sang comme ceux du faisan !... Sept parties de moi-même sont restées privées de leurs attributions respectives, depuis que celle que j'adore, m'a inhumainement délaissé : mon corps a perdu son équilibre, mon âme sa joie, mon esprit sa vivacité, ma bouche son éloquence, ma main la force de tenir la coupe favorite, mon visage sa fraîcheur, et mon œil son habitude de goûter les douceurs du sommeil !... »

« Homme inconséquent ! réprime ta folle ardeur. Que Dieu soit ton seul refuge ! Le monde est un lieu de passage ; ses plaisirs s'évanouissent comme l'ombre ; la mort est un oiseau de proie, auprès duquel les créatures ressemblent à de faibles passereaux, et le tems un vent impétueux qui nous disperse comme une vile poussière.., Si, semblable au tigre agile tu t'élances sur les plus hautes montagnes, ou si comme la lourde baleine tu t'enfonces dans la profondeur des mers, le mouvement circulaire des cieux te précipitera du sommet des premières ; la main oppressive du destin t'arrachera de l'abîme de celles-ci... La justice et la loyauté ont disparu du monde ; elles n'existent plus que de nom comme *Simorgh* (53) et la pierre philosophale. La perfidie a succédé à la franchise, la fatuité au talent, la malveillance à l'amitié, la dûreté à la compassion, toutes les lois humaines sont aujourd'hui renversées et interprêtées de travers, par suite de la conception du siècle et de l'inconstance de la grande roue du firmament. Le sage, au milieu de ce bouleversement général s'est retiré dans un coin isolé ; le citoyen vertueux reste exposé aux périls de la persécution : le fou est confondu avec l'homme sensé, l'étranger avec l'ami, mon sort est d'éprouver la haine de mes ennemis, et de ne rencontrer, dans ceux qui se disent mes défenseurs, qu'hypocrisie et duplicité. »

YEMIN.

emin (Ebn-el); son nom propre est Mir-Mahhmoud; poète persan originaire du Turkestan, florissait sous le règne des Sséfewies, a écrit à l'instar de Nizhami et de Jami une histoire en vers des amours de *Khosrow et Schirïne,* où les pensées les plus fines se présentent constamment revêtues du charme de l'expression. Nous avons eu momentanément sous les yeux un petit recueil d'odes morales qu'on lui attribue et dont voici quelques extraits :

« La conversation d'un sot ressemble à un manteau de cuir qui accable le corps sans le réchauffer L'avarice de l'homme riche qui ne soulage jamais l'indigence est encore plus intolérable. L'abus qu'un prince fait de son autorité indigne davantage : voulez vous enfin quelque chose de pis que tout cela? C'est l'impudence d'un vieillard qui affecterait le ton galant et les manières frivoles de la jeunesse... Pour mériter la miséricorde de Dieu, il faut ou ne pas faire ce qui ne peut le contenter ; ou se contenter soi-même de ce qu'il veut bien faire pour nous... Ne t'inquiète pas ami des souffrances d'Ebn-Yemin : examine seulement sa contenance lorsqu'il lui faudra dire adieu à ce monde mensonger ; tu l'en verras partir le *Qoran* à la main, les yeux tournés vers le séjour de l'éternité, et suivant gaîment le messager de la mort. »

ZAIDOUN.

aidoun-Abou-l'-Walid, célèbre poète d'Andalousie, né à Cordoue en Espagne, en
394 de l'hégire et originaire de l'Arabie.
Il fut visir du roi de Séville et mourut en 463.
On a de lui un grand nombre d'ouvrages, tant en
vers qu'en prose, desquels il n'y a d'imprimé
(Leipsik 1756, in-4°) qu'une lettre intitulée
Rissalah renommée parmi les Orientaux à cause de
la grâce de son style, et qui traite du refus que
fait une jeune et jolie espagnole des propositions
d'un homme qui désirait s'unir à elle par les liens
du mariage. L'élégance de ses vers lui valut le
titre de *Bokhtari* de l'Occident (v. ce titre). On a
de lui une très belle élégie dont toutes les rimes
se terminent en *n* et qui à cause de cela se nomme
qassidé nounié (élégie rimée en *n*).

ZAWQI.

Zawqi, poète persan, florissait vers le dixième siècle de l'hégire ; il eut la passion des voyages et se concilia la bienveillance de plusieurs grands personnages en leur dédiant les productions de sa muse. Hadj-Lotfali-Beg cite de lui une quinzaine de vers qu'il aurait bien pu s'épargner la peine de déterrer, attendu qu'ils ne présentent que des pensées oiseuses et triviales dont l'aridité est à peine rachetée par l'élégance de l'expression.

ZENDÉBIL.

Zendébil-Ahmed né à Djam dans le Khoraçan ; un des docteurs vénérés de la suite des *Ssoufis* (mort en 534) est avantageusement connu par son poème mystique intitulé *Siradj-il-Saïrin*, la lampe des voyageurs : nous en tirons le morceau suivant :

« On m'interdit l'entrée de la mosquée sous le prétexte que j'aime la débauche, et je me vois en même tems exclus de la taverne parce que l'on prétend que je ne porte pas bien mon vin. Entre ces deux lieux il y a un chemin qui mène ailleurs : quel est-il? Qu'on me l'indique, pour que je dirige mes pas car je suis un étranger égaré qui n'ose plus avancer. »

ZOUAOUI.

Zouaoui-Ihia-ben-Abdelnour, né aux environs de Bougie (Afrique) l'an 550 et mourut au Caire en 628. Il a composé un poème remarquable intitulé *El-Alfiah* dont toutes les rimes se terminent par la lettre *élif* à l'imitation des poèmes appelés *Lamia*, *Nunia-Taia* qui se terminent en *l*, *n* et *t*. Outre son talent reconnu dans la poésie cet auteur passe aussi pour un illustre grammairien et fut un docteur célèbre de la secte Hanéfite.

ERRATUM.

Page 174, article *Schawqi*, note omise :

(a) Ce surnom dérive de *Schawq* qui signifie en arabe passion, amour extrême.

NOTES.

(1) *Anowschirwan*. Ben-Cobad surnommé *Kisra* par les Arabes
Khosrou par les Persans. C'est Kosroès premier du nom, fils de Cobad
son prédécesseur roi de la 4e dynastie de Perse, nommé *Sassanides* et
qui régna en Perse sous l'empire de Justin Ier.

(2) *Mahomet*. Muhammed surnommé par les Arabes *Abou-l'-Qassem*
(père de Qassem), nom qu'il avait donné à un de ses enfans. Législateur de l'Arabie et apôtre de l'Islamisme dont l'évangile, disent ses sectateurs, avait annoncé l'avènement aux générations futures. Il fut disent-ils créé avant tous les tems, et le monde entier n'est qu'un simple
écoulement, une émanation immédiate de ses perfections surnaturelles.
Cet homme extraordinaire que nous appelons vulgairement *Mahomet*
naquit à *Mekka* (la Mecque) en 570 de l'ère chrétienne d'*Abdallah* et
d'*Amena* qui appartenaient l'un et l'autre à la tribu de *Qoraïsche*, la
plus ancienne et la plus renommée de toutes celles du pays. Néanmoins
malgré cette haute origine il passa ses premières années dans la pauvreté. Ayant perdu de bonne heure les auteurs de ses jours, son oncle
paternel *Abou-Thaleb* l'accueillit avec bonté, lui confia une partie de
ses biens et l'envoya trafiquer en Syrie. A l'âge de 25 ans le jeune Muhammed dont les facultés intellectuelles s'étaient développées à l'école
des voyages, fit ses premières armes sous les ordres du parent généreux qui l'avait adopté : sa valeur et sa prudence lui concilièrent l'estime et l'amitié de ceux qui en étaient les témoins; et il acquit bientôt
la réputation d'un soldat intrépide et d'un capitaine habile. Quelque
tems après il entra comme facteur au service d'une riche veuve nom-

mée *Khadidja* qui d'abord le prit en affection et qui finit par l'épouser. Ce fut alors que comblé des faveurs de la fortune il conçut le grand projet d'arracher les Arabes aux erreurs de l'idolâtrie en leur enseignant l'unité d'un Dieu tout-puissant, créateur du ciel et de la terre, à qui les hommes devaient offrir exclusivement un tribut perpétuel d'hommages et d'adorations. Cet homme ambitieux et fécond en ressources se déclara prophète à l'âge de 40 ans. Il commença par persuader sa femme et ses plus proches parens qu'il était chargé d'une mission céleste : les premiers disciples lui en attirèrent insensiblement d'autres et en moins de trois ans leur nombre se trouva assez considérable pour qu'il osât prêcher publiquement sa nouvelle doctrine. Cependant il se forma une conspiration contre lui; ses compatriotes les habitans de la Mecque, qui le traitaient d'imposteur, tramèrent sa perte : pour se soustraire à leur haine, il se sauva à *Mcdine* et c'est de sa fuite arrivée en 622 de J. C. que date l'ère des Arabes nommée *hedjrah* (retraite).

Cette fuite fut l'époque de sa gloire : des familles entières vinrent continuellement grossir son parti : en promettant le paradis à ceux qui mourraient pour la cause du vrai Dieu, il leva des troupes, les armes à la main, et se mit à piller les caravanes; bientôt il battit les tribus liguées contre lui, réduisit les villes rebelles, et marchant ainsi de succès en succès; il parvint à joindre l'autorité temporelle à celle du sacerdoce dont il se trouvait déjà investi par l'ascendant de son génie. Maître de presque toute l'Arabie, chef d'une domination qui se consolidait chaque jour par des triomphes éclatans, il songea à étendre ses conquêtes dans les contrées lointaines. La Syrie ne tarda pas à lui être soumise. Les légions de l'empereur Héraclius et Khosroës roi de Perse qui voulurent s'opposer à ses progrès, furent obligées de fuir honteusement devant les siennes. D'autres princes contemporains trop faibles pour oser le braver recherchèrent son amitié en lui envoyant des présens. Enfin il allait fondre sur la Perse où l'avait déjà devancé sa renommée, lorsque la mort le surprit en 634. Il fut enterré à Médine en laissant à ses successeurs les *Khalifes* le soin d'agrandir l'empire qu'il avait fondé. En effet on sait que ceux-ci s'emparèrent d'abord de la Perse et d'une partie de l'Inde, de l'Asie-Mineure, de la Palestine, de la Syrie et de l'Égypte. Depuis, la Lybie, la Mauritanie, et presque toute l'Afrique passèrent successivement sous leur domination , et l'Espagne qui la subit elle-même par la suite , lui ouvrant une entrée en Europe, ils finirent par menacer notre continent d'un envahissement universel.

Quelques auteurs prétendent que Muhammed succomba à l'action d'un poison lent que lui avait donné une femme juive de *Khaibar* qui par là avait voulu s'assurer s'il était véritablement l'envoyé de Dieu. Quoi qu'il en soit, lorsque ce chef de secte se vit près du tombeau , il assembla ses principaux disciples et leur recommanda ces trois choses, savoir : d'exterminer tous les idolâtres, de faire participer les nouveaux convertis aux droits et immunités des Musulmans , et de s'appliquer sans relâche à la prière qu'il appelait ordinairement *la Colonne de la Religion et la Clé du Paradis*. Outre *Khadidja* , il avait épousé plusieurs autres femmes , et eut d'elles quatre ou cinq enfans qui moururent tous avant lui à l'exception d'une fille nommée *Fatima* qui fut femme de son cousin Ali et mère de Hassen et Hussein.

(3) *Qoraische*. La plus noble et la plus renommée des hordes arabes issues d'*Adnan* , et de laquelle sortit *Muhammed* législateur et prophète des Musulmans, cet homme extraordinaire qui arracha sa patrie à l'obscurité où elle était plongée depuis tant de siècles , et devint l'instrument de sa régénération et de sa grandeur.

(4) *Moâlleqat*. C'est le titre donné aux ouvrages des plus excellens poètes qui ont fleuri parmi les Arabes dans le tems qu'ils appellent *El-Djaheliat*; c'est-à-dire le tems d'ignorance qui a précédé celui qu'ils appellent *El-Eslamiat*, c'est-à-dire celui du Mahométisme. Ces poèmes, dit d'Herbelot, sont nommés *Moâlleqat*, c'est-à-dire suspendus à cause qu'ils avaient été attachés successivement par honneur à la porte de la *Caâba* ou le temple de la Mecque , et on les surnommaient aussi *Modahebat* , c'est-à-dire dorés parce qu'ils étaient écrits en or sur du papier d'Égypte.

(5) *Rustem*. Le plus grand , le plus renommé entre tous les héros des anciens tems de la Perse, l'Hercule de la mythologie orientale , l'Achille du *schahnamé* poème épique de *Ferdewsi*, pour sa force extraordinaire , son rare courage , et ses travaux guerriers. Les auteurs nationaux en le faisant paraître sous quatre signes différens lui attribuent un si grand nombre d'exploits que l'on doit nécessairement en conclure qu'ils l'ont confondu avec plusieurs autres personnages du même nom. Quoi qu'il en soit nous allons résumer ici les détails contenus dans leurs

ouvrages sur les particularités les plus remarquables de sa vie. Il appartenait à une famille illustre qui possédait à titre de principauté trois contrées de la Perse limitrophes de l'Inde. Dans son jeune âge il terrassa un éléphant furieux qu'aucun *pehlawan* (athlète combattant) n'avait osé attaquer. Il fut par la suite l'appui et le défenseur du trône Iranien, il commanda des armées, et devint la terreur d'*Affraciab* roi du Touran ; il délivra le beau et malheureux *Bigen* que ce roi cruel avait suspendu par les talons dans un puits en punition d'une aventure galante qu'il avait eue avec sa fille. Calomnié par les envieux de sa gloire, il tomba en disgrâce, et se retira dans ses domaines où il mourut victime de la trahison d'un frère perfide.

(6) *Bigen.* Héros du poème *Schahnamé* qu'*Affraciab* roi du Touran, dont il avait séduit la fille *Moridja*, retint prisonnier pendant sept ans dans un puits.

(7) *Iskender.* Alexandre le Grand.

(8) *Zhoulemat.* V. la note 43.

(9) *Diwan.* Mot arabe qui a deux significations : salle d'audience, de conseil ou de justice, tribunal, cour martiale etc., et recueil de toutes les pièces en prose ou en vers d'un même auteur. Souvent ce mot suivi de l'article *el* et d'un adjectif quelconque désigne des ouvrages particuliers tels que ceux-ci *Diwan-el-Hhammaça, Diwan Saqtt-el-Zend, Diwan el-Ssababé.*

(10) *Ttai.* Tribu arabe de la postérité de *Kehlan* qui habitait originairement le *Yemen* et dont les nombreuses familles se répandirent par la suite des tems dans la Syrie et l'Égypte.

(11) *Hégire, hedjrah* ainsi que le prononcent les Arabes, fuite de Mahomet. C'est l'époque à laquelle ce prophète se retira de la Mecque pour se réfugier à Médine et éviter la persécution des Qoraischïtes. Ce fut le khalife Omar qui ordonna la supputation des années depuis cette époque. Les Musulmans l'adoptèrent à l'imitation des Chrétiens qui comptaient alors une année depuis la persécution que Dioclétien avait commencée l'an 284 de J. C. et la nommaient l'ère des Martyrs ; selon les plus habiles chronologistes l'ère des Musulmans a commencé l'an 622 de J. C

(12) *Qassida.* Plu. *qassaieds*, mot arabe que les Turcs et les Persans se sont approprié, et qui signifie un poème ou plutôt un panégyrique

en vers fait à la louange d'un prince ou de tout autre personnage marquant.

Les Arabes ont leur *Abou-l'-Olá, Motanébbi* etc. etc. , pour ce genre de poésie ; et les Persans leur *Anwéri, Saâdi*, etc. etc. Aujourd'hui sur-tout, le *Qassida* n'est plus qu'un tribut banal présenté par la bassesse intéressée à la vanité orgueilleuse.

(13) *Hhouris.* Entre plusieurs belles choses que Mahomet promet à ses sectateurs dans son paradis, il leur donne pour épouses de jeunes filles qui resteront toujours vierges , qui seront chastes et modestes , qui ne vieilliront point , qui auront de grands yeux noirs , et qui seront en un mot d'une beauté accomplie. Elles sont appelées dans le texte du Coran *hour.*

(14) *Scheikh.* Ce mot ne signifie pas seulement en arabe un vieillard, mais encore un docteur ou chef de quelque communauté religieuse ou de collége. Plusieurs auteurs ont porté ce titre soit qu'ils aient excellé en doctrine soit qu'ils aient surpassé la piété de leurs confrères.

C'est aussi le titre que portent en Égypte et en Syrie certains jongleurs vagabonds dont l'impudent charlatanisme en impose à des hommes crédules qui leur donnent un empire absolu sur les ser-pens. Ces psylles sont en effet très adroits à découvrir la retraite de ces reptiles et à les attirer vers eux par certaines inflexions de voix qu'ils font passer pour des paroles magiques. Du reste ils les ma-nient et s'en font mordre sans aucun danger. Ils marchent toujours accompagnés de plusieurs acolytes chargés de sacs remplis de ser-pens qu'ils initient à leurs prétendus secrets , après leur avoir fait passer quelques épreuves aussi ridicules que bizarres.

(15) *Derwiche*, mot persan qui signifie littéralement *retiré, concen-tré en lui-même ;* c'est l'épithète que l'on donne en Orient à tout homme détaché du monde , ayant fait vœu de pauvreté , et qui appartient à quelque société religieuse. L'institution du monachisme musulman date des premières années de l'apparition de Mahomet, et a sa source dans l'enthousiasme que ce chef de secte sut inspirer à ses disciples en exal-tant leur imagination par le tableau des jouissances éternelles de l'autre monde et par les victoires dont il appuya sa nouvelle doctrine dans ce-lui-ci. D'Herbelot ne fait pourtant remonter l'origine de cette institution qu'au règne des sultans *Samanides;* pour nous , il nous suffira d'obser-ver que parmi les ordres de *derwiches* , il en est plusieurs qui existent

depuis le deuxième siècle de l'hégire, et que l'on en compte en tout une quarantaine qui se trouvent répandus en Turquie, en Arabie, en Égypte, en Perse, et dans l'Inde; aussi diffèrent-ils entr'eux autant par leurs règles et leurs habitudes domestiques, que par les costumes qu'ils ont respectivement adoptés : ces religieux sont ou sédentaires dans leurs *tekiés* (couvents) ou errans de pays en pays : on peut regarder ceux de la deuxième classe comme les quêteurs des communautés auxquelles ils appartiennent; mais ils ne jouissent de presqu'aucune considération en raison de la vie vagabonde qu'ils mènent. Autrefois le corps des *derwiches* était en grande vénération dans tous les états de la domination musulmane. Il devait l'éclat qui l'entourait à la haute piété et aux vastes connaissances de la plupart de ses chefs, que les rois mêmes ne dédaignaient pas d'aller visiter dans leurs humbles retraites. Il suffirait de nommer *Hhafezh*, *Saâdi* et *Jami* qui en furent les plus illustres pour rappeler le souvenir de son ancienne gloire; mais combien ne s'est-il pas ravalé aux yeux des générations futures en se relâchant insensiblement de l'austérité de ses statuts primitifs, et surtout en perdant, au milieu de sa déplorable indolence, le sceptre de la supériorité qu'il avait si longtems tenu dans l'empire de la philosophie et des lettres ! Aussi ne présente-t-il plus de nos jours que des sujets médiocres, ou des charlatans éhontés qui promènent partout leur ignorance et leur misère en vivant aux dépens de la crédulité publique : on en voit souvent de l'espèce de ceux-ci s'établir à la porte des grands seigneurs qui les tolèrent par charité et crier jour et nuit : *ia-hou! ia-hhaq* (ô celui qui est ! ô Dieu de vérité !) ou sonner du cor, instrument qui fait partie de leur attirail monacal jusqu'à ce qu'on leur accorde ce qu'ils demandent avec la dernière effronterie. On les reconnaît à leur bonnet conique de feutre, (*koulah*), et à leur surtout de bure qu'ils appellent *khirqa*, c'est-à-dire haillon par allusion à la pauvreté qu'ils sont censés professer. En général ils se laissent croître la barbe et les cheveux. Parfois on les trouve affublés de la dépouille de quelqu'animal féroce, armés d'une hache ou d'un bec-de-corbin; ayant de plus un énorme chapelet à la main et le *kheschekoul* (petite écuelle de bois ou de cuivre dans laquelle ils déposent les aumônes qu'on leur fait) suspendu à la ceinture ; c'est dans cet équipage là qu'ils courent le monde, et se livrent impunément à la faveur de leur habit à toutes sortes d'infamies. Nous allons terminer cet article par quelques pensées et historiettes morales puisées dans *Saâdi* et d'autres auteurs sur les religieux qui en sont le sujet. Le véritable *Derwische* réunit les qualités suivantes qui sont propres au chien ; il ne mange jamais à satiété, n'a point de demeure fixe, se contente de la dernière place, et la cède à qui la veut, veille une grande partie de la nuit, reste toujours attaché à son maître quelques mauvais traitemens qu'il en reçoive et meurt sans laisser d'héritier. Le *Derwische* volontairement pauvre ne possède rien, et rien ne le possède ; en quelque lieu qu'il arrive le soir, il y trouve son palais. La différence qu'il y a entre un *Derwische* et un sage c'est que tous deux traversent à la nage un grand fleuve avec plusieurs de leurs frères, et que pendant que le premier s'écarte de la troupe pour avancer commodément, et arrive seul au rivage, le second ne s'en sépare jamais, et aime au contraire à soulager les plus faibles en leur tendant au besoin la main. Un roi demandait à un *Derwische* s'il pensait quelquefois à lui ? Oui répondit-il, lorsque je ne pense pas à Dieu. Le tyran *Hhadjade* en priait un autre de lui accorder le secours de ses bénédictions : grand Dieu ! s'écria le cénobite prends son âme ! Quel vœu viens-tu de prononcer dit l'émir ? C'est répliqua-t-il le plus salutaire que j'aie pu trouver pour toi et pour les peuples que tu opprimes. Un jour que le sultan *Ibrahim-Edhem* était assis à la porte de son palais entouré d'une foule d'officiers et d'esclaves, un vénérable *Derwische* se présenta pour y entrer avec sa besace sur les épaules et son bourdon à la main : « Où vas-tu vieillard, lui cria-t-on ? » A ce *Karwansérai* (1) « Mais tu te trompes, c'est ici le palais du roi de *Bokhara*. « Le prince se le fit amener et lui dit : « Comment se fait-il donc, bon homme que tu prennes mon palais pour une hôtellerie. » A qui demanda le religieux cet édifice a-t-il appartenu primitivement ? « A mon père. » Qui en a hérité après la mort de votre père ? « Moi. » Lorsque vous ne serez plus vous-même, à qui passera-t-il ? « A mon fils. » Ibrahim, reprit le *Derwische* un lieu dans lequel l'un entre et d'où l'autre sort, n'est pas une palais, c'est une hôtellerie !

(16) *Melameât*, bluettes, intincelles poétiques.

(17) *Mirza* : ce mot qui est l'abrégé de *Émir-Zadeh* est Persan et signifie fils de prince.

---

(1) Mot turc qui signifie hôtellerie, mot à mot *serail de caravane.*

(18) *Rebaïyat*, v. Ghazel.

(19) *Ssoufis* : ce sont les philosophes soi-disant *illuminés* de la
Perse qui professent la doctrine contemplative en s'abimant comme
ils le disent eux-mêmes dans les profondeurs de l'invention divine.

On n'est pas d'accord sur l'origine de la dénomination qu'ils
portent, les uns la dérivent du grec *Sophos* (sage), les autres de
Ssouf (en arabe, laine) ou étoffe grossière dont ils se vêtissent ;
cette dernière étymologie nous paraît plus raisonnable. Plusieurs
d'entre eux ont écrit des livres de spiritualité et de dévotion, lesquels portent en général le titre de *Tessaouf*.

(20) *Samandoun* : nom que les Persans donnent à un animal
que nous appelons salamandre, sur l'espèce duquel les auteurs
orientaux ne s'accordent point. *Lotf-Allah-el-Halemi* dit que c'est un
animal semblable à la fouine ou à la martre si ce n'est qu'il
en diffère par la couleur, car la salamandre est toujours rouge.

L'auteur du *Nâmet-Ellah* dit que c'est une espèce d'oiseau qui
s'engendre et qui se consume dans le feu, et que l'on ne trouve
que dans les lieux où l'on entretient un feu perpétuel.

Schakir-el-Bokhari poète persan louant la bravoure d'un homme
de guerre dit qu'il est dans le feu comme la salamandre, et dans
l'eau comme un crocodile. Un autre poète a dit en louant la justice de son prince que la colombe pouvait à l'ombre de sa protection, choisir sa demeure au milieu du feu aussi bien que la salamandre. (D'Herbelot, bibl. orient.)

(21) *Kewcer* : fleuve de richesses et d'abondance du paradis de
Mahomet.

(22) *Aflathoun* : c'est ainsi que les Arabes, Turcs et Persans
appellent Platon le philosophe, et le surnomment toujours *Elahi*
le Divin.

(23) *Ghâzel* : ce mot est employé chez les Orientaux pour désigner une ode amoureuse entremêlée souvent de sentences philosophiques, religieuses et morales. Selon les règles de leur poésie,
elle ne doit pas excéder le nombre de dix-huit *beits* ou distiques,
car alors le poème prend le titre de *qassida* ou élégie. Le *Ghâzel*
peut non plus être moindre de cinq *beits* car quand il n'y en a que
quatre c'est un *rebaïyat* ou quatrain.

Les deux premiers vers d'un *ghazel* s'appellent *metlâa* et les deux derniers *meqtâa*.

(24) *Khath* (mot arabe) l'écriture. Elle peint, dit *Ebn-Kaldoun*, la parole aux yeux (comme celle-ci peint la pensée à l'oreille) en même tems qu'elle la transmet à de grandes distances.

Suivant les Orientaux elle fut inventée par Adam qui en traça les caractères sur de l'argile, et la fit sécher au feu pour que par ce moyen ce qu'il y avait marqué pût se conserver après le déluge. Il y a pourtant des auteurs qui lui donnent une origine moins ancienne en l'attribuant à *Edris*. Du reste chaque peuple a eu la sienne et l'on en compte douze principales disent les auteurs, qui sont : 1° La *Hhémiarite*; 2° L'*Arabe*; 3° La *Persane*; 4° L'*Égyptienne*; 5° L'*Éthyopienne*; 6° L'*Hébraïque*; 7° La *Syriaque*; 8° La *Grecque*; 9° La *Latine*; 10° L'*Indienne*; 11° La *Tartare*; 12° La *Chinoise*.

La première des écritures connue est disent-ils la *Hhémiarite*, l'*Arabe* y fut substitué longtems après. Ils font remonter l'invention de celle-ci à trois frères de la famille de *Boulan* l'une des branches de la tribu de *Ttaï*), le premier nommé *Morar* imagina les lettres, le second *Aslam* leur assigna des figures différentes suivant qu'elles sont isolées ou liées entre elles; enfin le troisième *Amer* y joignit les points diacritiques.

La plus ancienne écriture arabe est celle de la *Mecque*, vient ensuite celle de *Médine*, puis celle de *Bassora*, puis celle de *Koufa*, et enfin celle qui est aujourd'hui généralement usitée en Orient, et que l'on appelle *Naskhi*; on en attribue l'invention à *Ebn-Moqla*. De cette dernière que se sont appropriés les Turcs et les Persans modernes en dérivent plusieurs autres telles que la *Taâliq*, la *Rihani*, la *Thulth*, la *Roqâ*, la *Diwani*, la *Schikesti* qui toutes diffèrent entre elles par la forme plus ou moins arrondie ou effilée des lettres comme par leur enjambement. La *Mogherbi* est celle qui est usitée dans toute l'Afrique.

Outre l'écriture arabe moderne les Orientaux ont encore des caractères particuliers qui forment plusieurs espèces d'alphabets, que l'on peut appeler astrologiques ou mystérieux et dont ils se servent dans les opérations de la Cabale.

Les Orientaux font un très grand cas d'une belle écriture : ce talent est indispensable à quiconque aspire à de hautes fonctions. Aussi la profession d'écrivain est appelée dans ces pays *une profession d'or.*

(25) *Ferhad* et *Schirine* : Schirine était suivant les chroniques de la Perse, fille de l'empereur Héraclius et épouse de *Khosrew-Perwiz* 22e souverain de la dynastie des Sassanides. Plusieurs autres poètes du premier ordre ont célébré ses aventures galantes avec le fameux sculpteur *Ferhad* qui finit par se donner la mort sur le faux bruit que l'on avait fait courir de celle de son amante.

Le nom de *Schirine* qui signifie en Persan *douce, aimable*, vient probablement de celui d'*Irène* que l'on sait avoir été commun chez les Grecs.

(26) *Bictoun* : un des plus hauts pics de la Perse entre *Kermanschah* et *Hamadan*. Il est célèbre par les ouvrages de sculpture que l'immortel *Ferhad* y exécuta, pour *Kosrew-Perwiz* qui l'avait appelé à sa cour du fond de la Chine où il était né de parens illustres.

V. pour la description de ces monumens les mémoires de M. le baron de Sacy sur les antiquités persanes.

(27) *Mestenewi* : ce mot désigne en général une pièce de vers dont la seconde ligne de chaque distique finit toujours par la même lettre.

(28) *Ghorrab*. Le *ghorrab* (corbeau) a de tout tems été regardé par les Orientaux et notamment par les Arabes comme l'avant-coureur des événemens les plus sinistres. C'est, disent-ils, l'oiseau perfide qui a encouru la malédiction du ciel pour avoir abusé de la confiance du patriarche Noé. Ses lugubres croassemens jettent l'alarme et le désespoir dans le cœur des jeunes amans, ils en tirent l'augure de leur prochaine séparation d'avec l'objet de leurs amours, et au milieu de leur consternation on les voit s'en prendre à lui des contrariétés qu'ils éprouvent, et l'accabler de mille imprécations.

Le poète *Nabega* s'écrie dans un de ses *qassidés* :

« Le noir corbeau nous annonce que demain est le jour de notre
» séparation ! C'est par ses sinistres présages qu'il se fait déprécier et haïr ».

En finissant cet article nous ferons remarquer que le mot *ghorrab* est un dérivé de *eghterab* qui signifie en arabe *absence, séparation, éloignement* : de là vient cette horreur insurmontable qu'inspire aux amans asiatiques l'oiseau qui fait le sujet de cette note.

(29) *Kohl* : poudre noire extrêmement fine composée en grande

partie d'oxide de zinc, avec laquelle les femmes asiatiques se colo-
rent par coquetterie le bord des paupières. Par le mot de *kohl* les
poètes orientaux font souvent allusion aux ténèbres de la nuit.

(30) *Salah-el-Din* : c'est Saladin le fondateur de la dynastie des
Agloubites en Égypte qui reconquit sur les Chrétiens tous les pays
qu'ils avaient envahis dans différentes expéditions contre la terre
sainte.

(31) *Jadjoudjes* : nation féroce et adonnée à tous les vices, qu'A-
lexandre le Grand parvint, suivant la tradition orientale, à séparer
du reste des hommes en élevant une muraille immense connue
sous le nom de *Sedd-Iskender* sur les limites des régions voisines
du pôle arctique qu'elle habitait.

(32) *Heydar* : surnom d'Ali gendre de Mahomet.

(33) *Ssadr-cheriâ* : deux mots qui signifient le chef de la loi. Ce
titre est accordé aux personnes, et quelquefois aux livres. Il existe
sous ce nom un ouvrage important sur la loi musulmane. Le premier des deux mots, est le nom d'un arbre qui selon la tradition
des Musulmans croît dans le paradis terrestre et sur lequel les ta-
bles de Moyse étaient écrites; le second veut dire en arabe *loi*.

(34) *Ssidra* : un des arbres merveilleux du paradis de Mahomet
à l'ombre duquel se reposent les *houris*.

(35) *Schias*, sectateur d'Ali, fils d'Abou–Thaleb, cousin et gendre de Mahomet.

(36) *Lâlâa* : ce mot qui en persan signifie la tulipe, est chez
les Orientaux le symbole d'un amant passionné parce que la couleur
de cette fleur est d'un ponceau vif, et qu'elle est marquée au
fond d'une tache noire qui a quelque ressemblance avec la
marque que laisse l'application ou l'impression d'un bouton de
feu. Ainsi disent-ils l'amant a le feu sur le visage et la blessure
dans le cœur.

(37) *Khezr* ou *Khedhr* et *Hizir* suivant la prononciation des
Turcs : nom d'un prophète qui selon les traditions des Orientaux
a été le compagnon et le conseiller de *Dhoulqarnain* qui n'est pas
Alexandre le macédonien mais un monarque du monde plus ancien que lui, qui a porté le nom de *Iskender-Dhoulqarnain;* Alexandre le Grand n'ayant porté le même nom qu'à son imitation, et à
cause de ses grandes conquêtes. Un poète persan écrit en par-

lant de Khezr : la fontaine de vie qu'Alexandre a cherchée en vain,
fut trouvée par Khezr qui en but à longs traits. Le mot de Khezr
signifiant en arabe vert, et verdoyant, on prétend que ce nom
fut donné à ce prophète parce qu'il jouit d'une vie florissante
et immortelle depuis qu'il eut bu de l'eau de la fontaine.

D'Herbelot.

(38) *Adl* : mot arabe qui signifie justice et qui est opposé à
dholm injustice.

Les Arabes disent en parlant de la justice qui se rend parmi
les hommes :

> *La saiss metl el âqli*
> *Ou la haress metl âdli*
> *La seif metl el hâqi*
> *Ou la âoun metl el sadqi*

C'est-à-dire :

Il n'y a pas de meilleur gouvernement que l'entendement, ni
de plus sûr gardien que la justice, point de meilleure épée que le
bon droit, ni de secours plus assuré que la vérité.

(39) *Hunné* : arbrisseau originaire du désert de l'Arabie et répandu
sur toute la côte septentrionale d'Afrique. Les femmes se servent de
ses feuilles séchées et réduites en poudre délayée dans l'eau pour
teindre en une couleur rouge l'extrémité de leurs mains et leurs
pieds. Les feuilles de cet arbrisseau comprimées en cataplasme sont
employées aussi chez les Orientaux pour cicatriser les plaies.

(40) *Abdjadié*, système alphabétique des Arabes inventé par six
individus de la tribu de *Tassm* qui lui donnèrent pour élémens les
lettres mêmes qui entraient dans la composition de leurs noms
Abdjad, Houaz, Hothi, Kalaman, Ssâfadh, Qaras. On y intercala
par la suite celles de deux autres noms, *Tsakhaz* et *Zhaghach* afin
de suffire à la grande abondance des mots de la langue qui exi-
geait cette augmentation.

L'*abdjadié* est encore chez les Arabes un petit système d'énumération nommé *djeml* qui s'arrête à mille et dont voici la disposition :

Les lettres des trois premiers noms précités forment une première progression, 1, 2, 3, etc. jusqu'à 10; celles des quatrième
et cinquième avec la première du sixième, en forment une seconde
20, 30, 40, etc. jusqu'à 100; enfin le reste des lettres de ce

même sixième nom avec celles des septième et huitième en forme une troisième et dernière 200, 300, 400, etc. jusqu'à 1000.

ا ب ج د ه و ز ح ط ى ك ل م ن ص ع

1	2	3	4	5	6	7	8	9	10	20	30	40	50	60	70

ف ض ق ر س ت ث خ ذ ظ غ ش

80	90	100	200	300	400	500	600	700	800	900	1000

Les poètes Orientaux ont coutume d'insérer dans le dernier vers de leurs poésies la date de l'événement qui fait le sujet de la pièce. On trouve cette date en additionnant les valeurs numériques des lettres qui composent le dernier vers évaluées d'après la supputation de l'*abdjadié*.

(41) *Djaheliat*, mot arabe dérivé de *djohl* ignorance. C'est ainsi que les Arabes appellent les tems du paganisme qui ont précédé Mahomet dans leur pays. Alors les peuples de cette vaste péninsule étaient livrés à une idolâtrie grossière née de l'assemblage informe et absurde des superstitions les plus extravagantes. Chaque tribu avait son astre et son idole tutélaires, ses cérémonies religieuses, en un mot son culte particulier. Toutes s'accordaient cependant à reconnaître l'existence d'un être suprême, mais l'idée qu'elles en avaient était plus ou moins lumineuse suivant les lieux et le caractère de chacune d'elles. Leur idolâtrie ne consistait donc pas comme on le voit en négation absolue de cet être. Elles lui avaient donné pour co-adjutrices des intelligences subalternes chargées sous sa surveillance de la police du monde, et ce sont ces divinités chimériques qui leur firent oublier insensiblement celui dont elles étaient primitivement réputées tenir leur puissance.

(42) *Hedjouiat*, satyres, poèmes mordans.

(43) *Ab-zendégani*, mot composé qui signifie en persan *eau, source, vie*; c'est la fontaine de Jouvence des mythologistes et romanciers de cette nation. Ils la placent au fond du *Zhoulemat* région ténébreuse voisine du pôle arctique où disent-ils *Iskender* fut la chercher avec son fidèle ministre *Khezr* qui seul eut le bonheur de la rencontrer et d'y boire à longs traits l'immortalité.

(44) *Dunia* : ce mot qui est arabe et qui signifie le monde est

employé également en langue turque et persane. Quelques auteurs lui donnent son origine de *denu* ou *deni* (être vil, méprisable) pour distinguer le monde d'ici-bas d'avec celui de la vie éternelle. C'est dans ce sens aussi que ce mot est souvent employé pour exprimer l'état de cette vie présente, changeante et de courte durée.

Les Persans appellent plus particulièrement le monde *gihan* du mot *gihanidan* qui signifie luire, briller, et de cette signification ils tirent la réflexion suivante : « L'état de notre vie est un tems » d'orage et de tempête, tantôt il éclaire et tantôt il nous laisse » dans les ténèbres ».   D'HERBELOT.

(45) *Hodat* ou *hodi*, chant pastoral usité chez les Arabes et spécialement consacré au chameau pour lui faire accélérer sa marche.

« Homme inconséquent dit un écrivain de cette nation, toi » qui nie l'impression que produit sur nous le chant, vois comme » les chameaux qui n'ont en partage qu'une stupide insensibilité, » s'animent et se disposent à franchir gaîment l'immensité des dé- » serts sitôt que le belliqueux *hodat* vient frapper leurs oreilles ! »

(46) *Molla* : ce titre est donné en Orient aux gens de loi. Il est accordé aussi aux crieurs des mosquées qui du haut des minarets appellent les fidèles à la prière.

(47) *Fakir* : mot arabe qui signifie pauvre. Il est donné par les Arabes tant à ceux qui le sont par le malheur qu'à ceux qui le sont par élection ou esprit de religion. En Turquie et en Perse cette dernière classe d'individus est connue sous le nom de *der-wisches* (V. ce mot.)

(48) *Ghawr*, contrée septentrionnale de la Perse où l'on recueille un miel pur et exquis.

(49) *Khoten* : le Khoten est un des pays les plus beaux et des plus fertiles de la Tartarie. C'est là que se trouve l'antilope espèce de gazelle qui produit le musc.

(50) *Inqa* : c'est le phénix de la mythologie orientale.

(51) *Hamim* : boisson des damnés suivant le Coran.

(52) *Hatem*, prince de la tribu de *Ttai* qui vivait avant la naissance du musulmanisme : son naturel hospitalier et ses autres qualités le rendirent célèbre dans toute l'Arabie où sa mémoire est jusqu'aujourd'hui en grande vénération. Un poète a dit de lui « Hatem est mort, mais

son nom vivra à jamais dans la postérité, il sera cité jusqu'à la fin des siècles comme un modèle de générosité. »

Les Arabes disent que les hommes les plus illustres parmi eux sont Abou-Hanifa pour le droit, Khalil pour la grammaire, Djiadah pour la prose, Abou-Temmam pour la poésie, Hatem-Ttaï pour la libéralité, Ahnaf pour la patience, et Aiâsch pour la piété.

(53) *Simorgh* : c'est l'oiseau fabuleux que nous appelons *griffon* et duquel les Orientaux racontent mille histoires merveilleuses, il est disent-ils d'une grosseur épouvantable, et on l'a vu souvent s'assujétir aux hommes destinés par le ciel à opérer de grandes choses.

ثمّ الكتـــاب

بعون ملك

الوهّان